법상의 슬기로운 생활수행

법상의 슬기로운 생활수행

법상

열림원

지금 있는 그대로를 사랑할 때,
이 세상은 거울에 비친 당신 자신의 얼굴임을
분명히 알게 됩니다.

가을바람이 청명한 계절입니다. 오랜만에 파란 하늘이 며칠간 계속되었죠. 우리 모두에게 주어진 놀라운 선물입니다. 그런데 만약 우리가 지금 이 순간 우리에게 주어진 이런 날씨마저도 전혀 누리지 못하고 만끽하지 못한다면, 모두에게 주어진 놀라운 선물을 놓치고 사는 게 아닐까요? 그것이 선물이라는 것은 단지 파란 하늘이기 때문일까요? 지금부터 저는 비 오는 날은 비 오는 날대로, 흐린 날은 흐린 날대로 '우리가 자신의 생각 속을 살지만 않는다면, 생각 너머에 아름다운 것들이 우리

앞에 마음껏 펼쳐져 있다.'라고 여러분께 말씀드리려 합니다. 즉, 우리는 너무 생각이 많아서, 생각 속을 사느라고, 눈앞의 진짜 삶을 놓치고 있는 것입니다. 지금 이 순간 꿈틀거리는 생생한 삶을 온전히 살지 못한 채, 생각이 만들어낸 가상현실, 가짜 삶에 사로잡힌 채 살아가고 있다면 그것이야말로 안타깝고 애석한 일이 될 것입니다.

생각 속에서 펼쳐지는 이야기들, 생각의 드라마는 우리의 진짜 인생이 아닙니다. 그것은 내 생각으로 구현된, 내가 그림 그려놓은 가짜 드라마일 뿐입니다. 우리는 과연 이 진실을 받아들일 수 있을까요? 어떤 것이 옳고 그르고, 좋고 싫고, 혹은 성공하고 실패하고, 잘났고 못났고 하는 이 모든 것은 실재하는 것이 아니라는 사실을요. 나의 생각으로 그림 그리듯 삶을 덧칠하지만 않는다면, 있는 그대로 완전한 삶이 드러납니다. 그렇게 드러난 인생은 '눈부시게 아름답다.'라는 진부한 말로 표현할 수 없을 정도입니다. 그것은 선물이 주어지는 것과 같으며, 결코 사라지지 않는 그런 선물입니다. 이 선물은 본래 우리에게 갖춰져 있습니다. 그러나 안타깝게도 자기 생각 속에 갇혀 있는 사람, 생각으로 해석된 세상이 진짜라고 믿는 사람에게는 전혀 보이지 않습니다.

상황에 대한 해석은 나의 생각일 뿐이며, 행복은 상황 자체와는 아무런 상관이 없습니다. 상황을 있는 그대로 보고, 지금 있는 그대로를 사랑할 때, 이 세상은 거울에 비친 당신 자신의 얼굴임을 분명히 알게 됩니다. 이처럼 지금 나에게 펼쳐진 '있는 그대로를 있는 그대로 보는 것.'이 부처님이 강조하신 한 가지입니다. 그것은 반드시 힘들게 도달해야만 하는 종교적 깨달음이 아닙니다. '괴로움은 그 자체로 문제가 없으며 내 생각으로 그것을 문제 삼을 뿐.'이라는 사실을 깨닫고 생각의 드라마를 살지만 않는다면, 우리가 지닌 본래 면목인 선물과 같은 자유를 누리게 될 것입니다. 이 책은 그러한 깨달음의 여정을 향한 마음공부 즉, 일상 속에서의 수행에 관한 것입니다. 우리는 매 순간 생각으로부터 과연 어떻게 자유로울 수 있게 되는 것일까요?

차례

프롤로그   7

1부   괴로움은 생각으로부터

인생의 문제   19

마음이 만들어내는 환상   26

집착은 안목을 좁아지게 한다   33

생각과 분별이라는 망상   51

보이는 것이 진짜일까?   59

2부   중도, 인연 따라 왔다 가는 것

인연법이 곧 무無   81

인연을 따르는 삶의 법칙   88

업습에 의한 결과물   93

집착의 끈을 놓아라   103

진짜 자신을 확인하는 일   106

3부 _____ **여덟 가지 생활수행, 팔정도**八正道

견해 갖추기 – 정견正見   117

생각하기, 말하기 – 정사유正思惟와 정어正語   131

행동하기 – 정업正業   136

일하기, 노력하기, 알아차리기, 집중하기   144
– 정명正命 정정진正精進 정념正念 정정正定

4부 _____ **진실은 이미 눈앞에**

있는 그대로를 허용하라   157

내 삶을 구경하듯 보기   165

보이고 들리고 느껴지는 것이 나 자신   169

우울함과 두려움은 진짜가 아니야   180

5부 _____ **삶을 놀이처럼**

괜찮아요 지금의 나　　　191

오직 지금뿐　　　199

최선을 다하되 결과는 내맡기라　　　207

하되 함 없이　　　217

우주 전체가 나　　　224

6부 _____ **행복을 찾아서**

삶은 이대로 완전하다　　　243

비교와 분별을 넘어선 본래 면목　　　252

모든 일은 '당신에게'가 아니라 '당신을 위해' 일어난다　　　259

선악을 넘어서　　　265

붙잡지 말라　　　274

에필로그　　　282

1

피로움은
생각으로부터

"엄마 이것 봐. 애가, 손이 그린 그림 좀 봐.
 애가 그렸어."

갓난아기들은
몸이 나 자신이라고 분별하지 않습니다.

그냥 바라볼 뿐이고,
소리가 나면 들을 뿐입니다.

인생의 문제

사람마다 제각기 처한 현실이 다르고, 사는 삶의 모습이 다르고, 그러다 보니 처해 있는 괴로움도 저마다 다릅니다. 저마다 다른 괴로움의 모양을 쫓아가다 보면 엄청난 괴로움들이 많아요. 그런데 진실 하나를 깨닫게 되면, 각자가 자신의 괴로움에서 좀 놓여날 수가 있습니다.

어떻게 하면 이 괴로움에서 놓여날 수 있을까? 우리가 괴로운 이유는 지금 나에게 처한 이 괴로움이 진짜같아서입니다. 실제 같거든요. 남들이 나에게 욕을 했어요. 내가 제일 듣기 싫어하는 욕, 특히 그런 버튼 같은 게 있잖아요. 다른 사람들은 저런 욕 들어도 아무렇지도 않을 텐데, 나는 그 말만 들으면 화가 버럭 나는 경우가 있어요. 혹은, 그 말을 다른 사람이 하면 괜찮은데 이 사람한테 그 말을 들으면 버럭 화가 날 수도 있고요. 사람마다 이런 눈물 버튼도 있고, 화를 돋우는 버튼도 있는데요.

같은 말을 다른 사람이 들었을 때는 괜찮은데 내가 들으면 화가 나는 이유가 뭘까요? 내가 그걸 실제라고 여기고 의미 부여를 크게 해놨기 때문에, 그런 상황이 닥치거나 그런 말을 들을 때 화가 나는 거예요.

우리가 현실에서 느끼는 모든 괴로움들이, 내가 지금 처한 상황을 실제라고 여기면서 그 속에 빠져들어가 있다 보니까 그게 나에게 중요해진 거예요. 그런데 다른 사람이 보기에는 별것 아닌 괴로움일 수도 있거든요. 나는 그걸 나와 동일시해서, 실제라고 여기면서 그 안에 확 빠져들어가 있으니까 나에겐 괴로움인 거죠. 거기에 빠져 있지 않은 사람에게는 전혀 괴로움이 아닐 수도 있습니다.

우리가 남들의 괴로움에 대해서는 훈수를 잘 두잖아요. 내가 거기서 한 발짝 떨어져 나와 있기 때문에 나에겐 보이는 거예요. 아무리 지혜로워도 자기가 그 속에 사로잡혀 있을 때는 안 보이는 거죠.

괴롭다, 스트레스 받는다고 여겼던 그 모든 것들은 전부 자기가 부여한 의미입니다. 자기로부터 그 중요도가 나왔어요. 내가 그 스트레스를 만든 거죠. 삶 전체가 그와 같이 내가 의미 부여한 거예요. 이건 중요하고 저건 중요하지 않아. 이 일은 반드시 해야 되고 저 일은 해도 그만 안 해도 그만인 일이야. 이런 규칙은 누가 만들었을까요? 자기가 만든 것입니다.

"스님, 실제로 돈은 중요하잖아요."

이렇게 얘기하지만 모두에게 돈이 중요하지는 않아요. 돈보다 더 중요한 가치를 더 중요하다고 여기면서 거기에 반응하는 사람들도 많거든요. 돈에는 별로 반응을 안 해요. 돈 벌고 말고를 별로 신경 쓰지 않아요. 그런데 누가 나를 욕할 때 더 분노하는 사람이 있죠. 차라리 돈을 날리는 건 괴롭지 않은데, 욕먹는 건 괴로운 사람이 있어요. 또 어떤 분들은 예를 들면, 누가 살쪘다 하면 참지 못하는 사람이 있어요. 능력 없다 그러면 괜찮아요. 또 어떤 분은 능력 없다는 얘기를 듣기 싫어할 수도 있고요.

자기가 반응하는 어떤 것들 있잖아요. 그건 누가 만든 것일까요? 삶의 경험 속에서, 특정한 경험을 통해 내가 만든 거예요. 내가 그때 의미 부여를, 분별을 한 거죠. 그거를 실제라고 여기고 진짜라고 여길 때 우리는 그 속에 갇혀버리고, 한 발짝 떨어져서 관찰하면 다 보이는 것이 그 속에 갇혀 있을 때는 보이지 않아요. "그거 중요하지 않은 거야." 얘기해줘도 모른단 말이죠.

아이들이 브루마블 게임을 할 때, 돈 얼마 버느냐 가지고 난리잖아요. 가짜 돈 가지고. 어른들이 아무리 가짜 돈이라고 해줘도 어린아이들이 거기 사로잡혀 있는 동안은 그걸 실제라고 여기면서 한단 말이죠.

우리 삶도 마찬가지입니다. 자신이 살고 있는 이 삶이라는 것이 전부 다 자기가 부여한 의미입니다. 중요하고 중요하지 않은 것, 의미 있고 의미 없는 것, 고귀한 일이 있고 고귀하지 못한 속된 일이 있다? 그런 거 없어요. 어떻게 있겠어요.

부처님은 성스럽고 우리 같은 사람은 속된 사람일까요? 말도 안 되는 소리죠. 어떻게 부처님은 성스럽고 우리는 성스럽지 못하겠어요? 그건 부처님 가르침과는 완전히 어긋나는 얘기죠. 부처님은 우리가 본래 성스러운 존재라는 것을 일깨워주기 위한 법을 설하신 분이에요. 대평등, 전혀 차별이 없단 말이에요.

어젯밤 꿈속에 온갖 사람들이 있었고, 좋고 나쁜 사람들이 있었고, 중요한 일 중요하지 않은 일들이 있었지만, 꿈을 꾸는 동안은 그 일을 반드시 해야 하고 하지 않으면 죽을 것 같고 그랬지만, 꿈을 깨고 보니까 아무것도 아니잖아요. 정말로 아무것도 아니잖아요.

이 현실이 꿈이에요. 무슨 꿈이냐 하면, 분별이 만든 꿈이에요. 우리 생각이 그 꿈의 세계를 만들어놓은 다음 스스로 의미 부여를 한 거예요. 내 인생에 이건 정말 중요한 거야, 저건 중요하지 않은 거야.

그러니까 사람마다 자기가 중요하다고 느끼는 게 달라요. 화나는 이유가 다르고, 집착하는 게 다 달라요. 욕망하는 것이 다 다르고요. 그런데 그건 분별을 가지고 내가 그렇게 만들었단 말이죠.

"쿵쿵쿵." 이 소리와 "탁탁." 이 소리와 "땡땡." 이 소리는 분별하지 않으면 소리는 모두 똑같아요. 인연 따라 생기고 사라지는 소리일 뿐이에요. 뭔 의미가 있어요?

사람의 머릿속에서는, "땡." 이 소리는 청아하고 "탁탁." 이 소리는 날카롭고 "쿵쿵쿵." 이 소리는 또 어떻고 그런 식으로 자기가 해석 분별하겠지만, 그냥 세 개 다 인연 따라 생겨나고 사라질 뿐 의미가 없잖아요. "땡." 이거는 성스럽고 "쿵쿵쿵." 이거는 성스럽지 못할까요?

이렇게 하면 뭔가 공덕이 있을 것 같고, 목탁을 치면 옆에만 가 있어도 복이 붙고 공덕이 붙을 것 같은데, 윗집에서 쿵쿵거리는 소리에는 화가 난다면 그게 맞을까요? 목탁 소리는 청아하고 듣기 좋은 소리라고 내가 의미 부여를 한 거고, 윗집 쿵쿵거리는 소리는 저 원수 저

죽일 놈이라고 내가 의미 부여를 한 거예요. 윗집 사람을 두둔하는 말이 아닙니다. 그리고 그걸 해결하지 말라는 말도 아니에요. 윗집 사람이 그렇게 하면 찾아가서 '좀 조심해 주십시오.' 하지 말라는 얘기가 아니에요. 그렇게 할 건 다 하는데도 불구하고 내가 도저히 견디지 못하겠다 하면 어떡할 거예요? 본인이 뭐든지 해봤는데도 안되면, 자기 마음을 바꾸는 더 근원적인 방법을 써야 될 거 아니에요? 그것 또한 완전히 근원적인 방법은 아닐지라도, 자기 마음을 바꾸는 방법은 쓸 수 있겠죠.

마음이 만들어내는 환상

어떤 물건이 하나 있습니다. 그 물건 하나만 가지고 크냐 작으냐 물어보면 큰지 작은지 알 수 없어요. 그런데 이것보다 더 큰 것이 옆에 있다. 그러면 그 물건이 옆에 있는 물건보다 작다고 하면서 의미가 생기는 거예요. 그리고 그 물건보다 더 작은 물건 옆에 가면 애는 크다는 의미를 지니게 돼죠.

그럼 그 물건은 인연 따라 크다거나 인연 따라 작다고만 할 수 있어요. 그럼 그것은 큰 겁니까 작은 겁니까? 그것 자체로는 크다고 말해도 틀리고, 작다고 말해도 틀려요. 큰 것도 작은 것도 아니에요. 그게 실상이고 진실입니다. 그런데 우리는 그동안 이런 진실을 보는 것에는 관심이 별로 없었습니다.

나는 지금까지 인생을 잘 살았을까 못 살았을까? 그걸 규정해야지만 속이 시원해요. 그런데 그 규정은 옳을 수가 없어요. 어떤 물건이 크다 작다고 할 수 없는 것과 똑같아요. 크다는 것에 집착하면 틀리죠. 작다는 것에 집착해도 틀리죠. 본래 크거나 작지 않으니까.

분별, 나눌 '분分' 나눌 '별別'. 둘로 나누어서 이것과 저것을 비교해서 분별하는, 분별심이라고도 하죠. 분별해서 아는 인식. 분별심은 허망합니다. 진실하지 않아요. 그래서 분별을 통해 알게 된 것은 고집할 수가 없어요. 진짜로 안 것이 아니니까. 분별해서 안 것에 불과하니까.

다시 말하면, 여러분은 나이가 많을까요, 적을까요? 많다는 것도 망상에 집착하는 것이고 적다는 것도 망상에 집착하는 거예요.

친구와 비교하면서 '쟤는 부자인데 나는 가난해서 괴로워.' 이런 생각을 믿잖아요, 친구들과 늘 비교하면서 상대적인 박탈감에 스트레스받으며 살잖아요.

그런데 그런 상대적 박탈감에서 오는 스트레스는 뭘까요? 분별심이에요. 그건 진실이 아니에요. '부자다, 가난하다'라는 것, 그것은 망상이에요. 분별에는 항상 망상이라는 수식이 따라붙어요. 분별망상. 이렇게 두 가지를 한 단어로 쓰곤 합니다.

여러분이 지금까지 '나는 괴로워.' 했던 게 무엇 때문일까요? '나는 돈이 없어 괴로워.'라는 말은 '나는 다른 사람보다 돈이 없어 괴로워.' 사실은 이 소리거든요. 그건 허망한 거잖아요. 옳은 게 아니잖아요. 분별일 뿐이잖아요. 그런데 그걸 지금까지 옳다고 여겨왔던 거예요. 그리고 그 생각에 집착해왔던 거예요.

'나는 가난해. 가난한 게 확실해. 내 인생은 비참해.' 그 생각을 믿었단 말이에요. 전혀 믿을 필요가 없는 분별심이었는데도 불구하고 진짜라고 여기면서. 사람들은 전부 다 자기를 그렇게 규정하고 있어요. '난 이런 사람 저런 사람.'이라고.

여러분들이 지금 열심히 사는 이유는 뭘까요? 지금의

나보다 더 나은 사람이 되기 위해서, 많은 사람과의 비교에서 우위를 점하기 위해서, 기준점으로 잡은 그 사람만큼은 내가 부자가 돼야 한다는 마음 때문에, 그것 때문에 앞만 보고 쉴 새 없이 달려가는 거 아니겠어요? 쉬면 죽는 줄 알아요. 남들은 다 앞만 보고 달려가는데 나만 뒤처지니까, 쉬는 건 곧 인생에서 뒤처지는 거라고 믿으면서 산단 말이죠. 사실은 쉬어야 하는데.

내면이 쉴 때, 분별이 쉴 때, 올바르게 진리를 체득하는 무분별지無分別智에서 근원적인 지혜가 드러나는 줄은 꿈에도 생각하지 못하고 분별지分別智만 지智라고 생각해요.

"스님, 그런 생각도 없이 어떻게 살아요? 내가 가난하다는 생각이 있어야 부자 되기 위해서 더 열심히 하죠."

가난하다는 생각에 집착하지 않고 살면 우리는 더 가난해질 것같이 느낍니다. 우리는 태어나서 지금까지 분별지만이 옳다고 생각하면서 살았습니다. 분별지가 아닌 것을 가지고는 세상을 한 번도 본 적이 없어요.

있는 그대로를 있는 그대로 보지 못한단 말이에요. 그것이 어려운 이유는 내가 배워 익혔던 언어, 개념, 말만을 가지고 바라보려고 하기 때문이에요. 그럼 바로 분별이 일어나죠. 그런 마음의 기준으로 언어를 일으켰다 하면 다 분별이에요. 말했다 하면 다 분별이고, 생각했다 하면 다 분별이에요.

저에게 스님이라고 하는 것, 이것도 일종의 상相이죠. 형태 즉, 모양입니다. 모양을 가지고 스님이라고 이름을 취한 거잖아요. 그것이 분별이에요.

그런데 제가 분별하지 말라고 했는데 분별하지 말라는 것의 진정한 의미는 무엇일까요? '하되 함 없이 하는 것.'이에요. 이걸 무위법無爲法이라고 부릅니다.

유위조작有爲造作하지 않는데, 그렇다고 아무것도 안하는 것은 아닙니다.

이게 불교에서 아주 중요한 핵심의 지점입니다. 사람들이 제일 많이 질문하는 지점이에요.

분별하지 말고 생각하지 말라니까, "스님, 생각 없이 어떻게 살아요?"라고 물어요.

여기서 생각이 없어야 된다는 말이 항상 바탕에 전제하는 사실이 있어요. 불교에서는 생각을 하지 말라고 이를 때 생각을 진짜 하지 말라는 의미가 아니라, 생각을 하되 생각에 사로잡히거나 집착하지 않고 그 생각을 하라는 뜻입니다.

저를 볼 때 '스님'이라 규정하는 것도 분별이고 '스님 키가 크네요 작네요.'도 분별인데, 그러면 아무 말도 하지 말고 살아야 될까요? 그럴 수 없어요. 하되 함이 없이 하고 살아야 된단 뜻입니다.

그럼 현실하고 법이 똑같아요. 쉽게 말해 현실에서도 '스님' 이런단 말이에요. '크다' 이런단 말이에요. 그러면 중도적으로 보더라도 어떻게 해요? 스님, 하는 거예요. 크다, 하는 거예요. 똑같아요.

산은 산이고 물은 물이다 했다가, 깨닫고 보니 산은 산이 아니고 물은 물이 아니더라 했다가, 나중에 다시 돌아와서 산은 산이고 물은 물이란 말이에요.

즉, 스님이라고 말할 줄 알고, 키 크다고도 말할 줄 알고, 작다고도 말할 줄 알아요. 누가 여러분한테 부자예요, 가난해요, 물어보면 대답도 할 줄 알아요. 인연 따라 상황 따라 대답해 줄 수도 있어요.

지금까지 잘 살았는지 못 살았는지 물으면 잘 살았다고 말할 수 있고, 못 살았다고도 말할 수 있습니다.

배우자가 어떠한지 물으면 대답할 수 있단 말이에요. 분별을 다 쓸 수 있단 말이죠.

그러나 그걸 진짜라고 믿지는 않는다는 게 핵심입니다. 실체화시키지 않는단 말이에요. 내가 가난한 것에 대해서 비참해하지 않는다는 것입니다.

집착은 안목을 좁아지게 한다

이 세상의 모든 번뇌망상, 괴로움은 다 이 집착에서 옵니다. 모든 것을 실제라고 여기는 허망한 착각, 허망한 집착. 집착만 내려놓으면 삶이 사실은 너무 가벼워져요. 정신적인 집착, 물질적인 집착, 마찬가지입니다. 사람에 대한 집착, 모든 집착 마찬가지입니다.

그러면 집착을 안 하면 삶의 원동력이 없지 않을까요? 돈을 벌기 어렵지 않을까요? 열심히 살기 어렵지 않을까요? 내가 진급하기 어렵지 않을까요?

그렇지 않습니다.

집착을 하지 않지만 열정을 가지고 삶을 살면 순수한 열정이 더 붙어요. 무위의 열정이 붙습니다. 그 힘과 지혜는 그야말로 나 개인적인 자아에서 나오는 힘이 아니라 내가 사라진 법계에서 나오는 힘이라서 훨씬 더 강력합니다. 집착하지 않고 행할 때 더 강력한 힘이 붙습니다. 확실해요. 집착하면서 아무리 노력해도 내 복밖에 갖다 쓰지 못해요.

그러니까 집착은 집착대로 엄청나게 하는데 결과는 별로 안 좋아요. 힘은 힘대로 드는데 별로 결과가 안 좋아요. 너무너무 노력하는데 노력한 정도의 결과만 얻는 것이 보통이에요.

그런데 무위로서 임하면, 집착을 내려놓고 그것을 하면 순수한 열정이 붙습니다. '돼도 좋고 안 돼도 좋아. 그런데 나는 이걸 하고 싶어. 그래서 한다.' 그럼 그 일을 즐겁게 하게 돼요.

마치 음악하는 사람 중에서 이 음악으로 성공해야 된다는 집착을 가지고 하는 사람과, 음악이 너무 좋아서 음악만 하면 너무 행복한 사람. 누가 더 성공하겠어요?

오디션 프로그램에 나가면 누가 올라가겠어요? 이것과
비슷한 겁니다.

무위로서 행하면, 집착 없이 행하면, 하되 함이 없이
행하면 더 크게 성공합니다. 어디에도 집착하지 않을 때,
그때 삶에 무게감이 없어져요. 심각함이 없어져요. 집착
하면 심각해져요. 왜? 집착하니까, 그거 아니면 절대 안
된다고 여기니까 삶이 심각해져요. 삶이 긴장돼 있어요.
평온함 즉, 릴렉스를 못해요. 온몸이 긴장돼 있으면 몸에
병이 와요. 정신도 긴장되어 있으면 병이 와요.

그런데 집착이 없으면, 말 그대로 강 위에 떠가는 통
나무처럼 흐름에 내맡기고 따라갈 뿐이에요. 삶이라는
도도한 이 지혜의 강물에 나를 내맡기고 흘러갈 뿐입니
다. 그러니까 최선 다하게 돼요. 최선을 다하는데 크게
봤을 때 나는 항상 내맡기고 있어요. 이런 느낌이 든단
말이에요.

열심히 하지 말라는 것이 아닙니다. 최선을 다해요.
그리고 욕심도 있어요. 뭔가 욕심이라고 할 수 없는 욕
심이 있어요. 어떤 일을 하기로 마음먹는 발심發心이 있

어요. 열심히 살아요. 그런데 삿된 욕심이 아니에요. 순수한 열정이에요. 그러니까 성공해도 좋고 아니어도 괜찮아요. 남들과 비교하거나 싸워 이겨야 한다고 생각하지 않아요. 그냥 내맡겨요. 고집이 없으니까 이래도 좋고 저래도 좋아져요. 이 길을 가도 좋고 저 길을 가도 좋아져요.

옛날에는 '나는 이런 길은 싫고 저런 길만 좋아.'라는 집착이 있었다면 이젠 그런 것도 없어요. 인연 따라가면 되니까 모든 것에 마음이 열려 있어요.

'이럴 수도 있고 저럴 수도 있지.' 생각해요. 집착하지 않으니까 '난 반드시 저렇게만 해야 돼.' 하는 게 없으니까 마음이 열려있어요. 그렇게 되니까 무한한 가능성이 생기기 시작해요.

옛날에는 '난 이것만 좋고 저런 건 절대 못해.'라고 생각했으니까 가능성이 찾아와도 내가 벽을 쳤어요. 담을 쳤어요. 그런데 마음을 열고 받아들이면 고구마 줄기를 따라서 무수히 많은 고구마가 딸려 오듯이, 받아들였을 때 더 큰 어마어마한 무한한 가능성이 나에게 열릴 수 있단 말이죠.

집착하면 삶이 제한됩니다. 삶이 고착됩니다. 내가 보는 눈의 시야가 좁아져요. 그런데 집착하지 않으면 전체를 보게 돼요. 무엇이든 가능성을 향해 마음을 열게 돼요. 마음이 활짝 열립니다. 이 사람 저 사람 모든 사람에게 마음이 열려있어요. 과도하게 싫어하거나 과도하게 미안한 것도 없어요. 집착하지 않으니까. 과도하게 싫고 과도하게 미운 게 없어요. 마음을 활짝 열고 있어요.

그러니 무한한 가능성이 마음껏 파도쳐 들어옵니다. 그것을 마음껏 누리며 살아가게 합니다. 무한한 창의성, 창조성, 창발성이 솟아납니다. 내 안에서도 솟아나고 주변에서도 깃들고. 그럼에도 불구하고 삶은 완전히 릴렉스되어 있어요. 여유가 있어요. 남들을 도울만한 마음의 여유가 있어요. 그러니까 지혜는 증장하고, 힘은 빠지고, 자비로워지고, 하는 건 하는 일마다 잘되고, 안되더라도 큰 상처 안 받고, 편안하게 삶에 내맡겨요. 삶에 내맡길 때 더 큰 힘으로, 열정으로 삶을 살아가게 됩니다. 무게감이 없으니까 이러면 어쩌지, 저러면 어쩌지 걱정이 없어요. 심지어 죽는다고 할지라도, 어차피 죽을 건데 무엇이 괴로울까요.

주어진 삶을 최선을 다해 열정을 가지고 살아요. 이것이 진짜 힘입니다.

우리는 반드시 성공해야 되겠다는 집념 내지는 끝없는 도전, 포기하지 않는 정신, 이런 것을 사회에서 가장 위대하다고 생각하며 지금까지 살아왔고 배워왔어요. 그런데 한 가지 정말 지혜로운 지혜가 빠져 있습니다. 포기를 않는 열정 좋습니다. 그런데 적당해야 해요.

즉, 한 번 실패하면 다시 도전. 또 실패하면 또 도전. 두 번 세 번까지 할 수 있죠. 그런데 계속 실패한다? 그럼 그때는 이건 내 일이 아니라 여기고 포기할 수 있는 용기, 지혜입니다.

부처님이 그러셨어요. 세 번까지는 항상 다시 도전하고 다시 도전했는데, 그래도 안되면 깔끔하게 포기하라고 말씀하셨습니다. 너무 과도해지면 그건 집착이 될 수 있기 때문이죠.

이런 정신으로 산다고 해서 내가 열정을 가지지 않는

다는 게 아니에요. 최선을 다해서 해요. 할 때까지 최선을 다해요. 그런데 계속해도 안되면 바로 깔끔하게 포기해요. 그리고 내가 할 수 있는 것, 자연스럽게 주어진 일들을 하게 됩니다.

사실 억지스럽게 주어진 것은 진짜 나에게 맞는지 고민해 봐야 돼요. 자연스러운 것이 좋아요.

예를 들어, 집안에 자식이 진로를 걱정하고 있을 때 부모님 입장에서는 어떻게 하면 좋을까요? 과도하게 집착하고 고집해서 자식이 싫어하는데도 불구하고 강요하게 되면 그건 집착의 결과잖아요. 그 결과는 좋지 않기 쉽습니다.

누가 그러더라고요. 진급이 안되려니까 죽어라 노력해도 안되어서 포기하고 편안하게 살았는데 주변 여건이 다 받쳐주면서 되더라는 거예요. 그렇게 자연스럽게 진급하게 되더라 이렇게 얘기를 했거든요. 안되려고 하면 죽어라 해도 안되는데, 되려고 하면 자연스럽게 됩니다.

그래서 삶을 자연스럽게 사는 게 가장 좋아요. 자녀의

진로는 자연스럽게 아이들에게 맡기는 게 좋죠. 아이가 "난 이걸 너무 하고 싶어." 그럼 부모님이 조언을 할 수 있죠.

나는 이렇게 하는 게 좋을 것 같은데. 두 번 세 번 자연스럽게, 편안하게 해줍니다.

걱정하지 마. 아빠 엄마는 네게 강요하지 않는다. 최종 결과는 네가 결정할 수 있게 해줄게. 그런데 아빠 엄마 말을 진지하게 들어줘. 이렇게 얘기해줄 수 있는 거죠.

결국에는 본인이 선택하도록 맡겨주는 것입니다. 그러면 오히려 그 조언에 담긴 엄마 아빠의 조언이 더 비중 있게 아이에게 다가갑니다. 그래서 오히려 더 경청하게 돼요. 그리고 어쨌든 자연스럽게 흐르게 되면 거기에 힘이 붙어요.

나를 무위에 자연스럽게 내맡기고 사는 것이 삶의 비법이에요. 삶의 지혜예요.

제법실상諸法實相, 제법은 존재 그대로 실상이에요. 삶이 그대로 실상이란 말이에요. 삶이 그 자체로 법이에요. 내 생각과 기준으로 내가 판단하는 건 중생의 분별망상이고요. 이 분별망상을 싹 빼면, 자기 생각을 믿지 않고, 분별을 믿지 않고 그것을 싹 빼버리면 무엇이 남을까요? 있는 그대로의 삶이라는 실상만 남습니다. 있는 그대로의 참다운 진실만이 남습니다.

그러면 생각이 전혀 필요하지 않습니다. 생각은 도구로 필요할 때만 임시로 쓸 수 있어요. 근원에서는 내맡기는 거예요. 내맡김이라는 것은 무분별 즉, 분별하지 않는다는 의미예요.

생각을 양념처럼 쓰되 근원에서는 내맡기는 삶을 사는 겁니다. 자연스러운 삶을 사는 겁니다. 고집하지 않고 집착하지 않는 삶을 사는 겁니다. 그럴 때 자연스럽게 성공이 찾아옵니다.

물론 성공이 안 찾아올 수도 있어요. 성공은 시절 인연이 와야지 되거든요. 아직 시절 인연이 안 왔으면 자연스럽게 '나는 최선을 다할 뿐이야. 성공은 할 수도 있고 못할 수도 있어. 나는 성공 안 한 이대로 충분해. 난 성공 안 한 이대로 최선을 다해서 삶을 열심히 살 뿐이야.' 하고 즐겁게 누리며 살면 돼요. 남들이 성공했으면 지금 저 팀이 성공해야 할 시절 인연이다, 그걸 진심으로 축하해주고, 박수 쳐주고, 수회찬탄해서 함께 기뻐해주세요.

속으로 좌절하면서, 절망하면서, 쟤는 저렇게 잘되는데 하면서 질투할 필요 없습니다.

에픽테토스가 이런 말을 했습니다. 남들 앞에 맛있는 음식이 왔다면 그들이 그 맛있는 음식을 즐겨야 할 때이다. 언젠가 그 음식은 나에게 올 것이다. 나에게 오면 이제는 내가 그 음식을 맛있게 즐길 때가 온 것이다. 그러나 아직 내 때가 되지 않았는데 저 사람이 먹고 있는 음식을 강제로 빼앗아서 맛있는 음식을 억지로 먹으려고 하면 문제가 생겨난다. 이런 내용의 말을 했습니다.

맞습니다. 시절 인연이 그래서 있는 거예요. 시절 인연에 자연스럽게 내맡기세요. 자식이 아직 시집 장가 못 간다고 해서 그걸 닦달할 필요 없다. 시절 인연이 오면 하지 말라 해도 합니다. 시절 인연이 안 오면 아무리 옆에서 별의별 짓을 다해서 붙여줘도 싫어해요. 자연스럽게 내맡기면 돼요, 시절 인연 따라.

시절 인연에 내맡긴다는 건 무슨 말이겠어요? 그 어떤 방식도 집착하지 않는다는 거죠. 반드시 이렇게 돼야 한다고 생각하면 시절 인연에 내맡길 수 있겠습니까? 못 내맡겨요.

이렇게 돼야 하는데 왜 이렇게 안될까? 하고 괴로워하죠. 그런데 완전히 내맡기면 돼도 좋고 아니어도 좋아요.

왜? 돼야 한다라는 집착, 고집이 없으니까. 이래도 좋고 저래도 좋으니까. 나한테 아직 그것이 안 왔으면 아직 내가 먹을 때가 아니구나. 내가 받을 때가 아니구나. 이렇게 자연스럽게 받아들여요.

그래서 지금 내가 할 수 있는 최선을 다할 뿐이에요, 우리에게 뭐가 괴로운 게 있을까요? 괴로운 일이 없습니다. 이렇게 살면 그렇습니다.

삶은 정말 하늘에 떠도는 구름처럼 바람의 방향에 완전히 내맡긴 채 인연 따라 생겨났다가 인연 따라 흐르다가 인연 따라 사라져요. 우리 삶도 저 하늘에 떠 있는 구름처럼 그렇게 완전히 삶에 내맡기고 살면 그게 바로 삶의 진실이에요. 삶이 바로 부처님이고 하나님이에요.

기독교에서도 하나님께서 나에게 삶을 보내주셨다. 하나님에게 모든 것을 맡겨라. 이런 말을 합니다.

즉, 자기 생각을 믿지 말라는 거예요. 생각을 하지 말라는 것이 아니고, 생각은 하되 생각을 믿지 마라. 집착할 것이 있으면 집착은 하되 거기에 과도하게 집착하지 마라. 마음을 내긴 마음을 내되 결과에 대해선 완전히 맡겨버려라. 과도하게 집착하지는 마라. 성공하기 위해서 최선을 다한다. 그러나 될 수도 있고 안될 수도 있다. 그건 내 뜻이 아니다. 하늘에 맡긴다.

이게 내맡김의 자세입니다. 삶에 맡긴다. 우주 법계에 맡긴다. 그리고 나는 뭘 할까요? 씨앗을 뿌립니다. 어떤 씨앗을? 복과 지혜의 씨앗을 뿌립니다.

내가 할 수 있는 최선을 통해, 열심히 연구하고 계획하고 일하는 것을 통해서 삶을 100퍼센트로 살아가는 게 지혜를 닦아가는 거예요. 삶을 받아들이는 것이 지혜를 성취하는 것입니다.

무엇이 삶을 받아들이는 것일까요? 일하는 사람은,

직장 있는 사람은 직장 생활을 최선을 다해 열심히 하는 것이 삶을 받아들이는 것입니다. 지금 이 직장에 왔으니까 이 직장을 100퍼센트 살아주는 것. 그게 삶을 받아들이는 것, 그게 불이법不二法입니다.

삶을 거부하지 않는 것. 삶을 온전히 살아가는 것이 불이중도不二中道의 실천이고 수행입니다. 삶이 바로 수행이에요.

그런데 이런 삶은 좋고, 저런 삶은 싫어. 난 이런 건 하고 싶고 저런 건 하기 싫어. 이건 자기 생각을 믿는 거잖아요. 주어진 삶인데도 불구하고 나는 딴 것 하고 싶은데, 이건 싫은데. 저 사람 것은 좋아 보이는데 난 저 일 하고 싶은데.

'나도 언젠가는 저 일을 하고 싶다.' 하고 마음속에 발원은 세우되 지금 나에게 이 일이 주어져 있으면 이 일과 내가 완전히 하나가 되어서, 완전히 받아들여서, 이 일 속에 뛰어들어서 그 일을 받아들여주고 완전히 100퍼센트 허용해주는 거예요. 그게 불이중도의 실천이고 그게 명상이에요. 그게 그 일에 완전히 나를 내맡기는 무위로 그 일을 그냥 맡아서 하는 것입니다. 그렇게 완전히 받아들이고 나면 싫었던 마음이 사라집니다. 싫던 마음이 사라져요. 받아들이고 나면 받아들이기 전은 죽어도 싫어요.

뉴스를 보니 어떤 사람이 군대 안 가려고 손가락을 잘랐대요. 그 사람 손가락을 왜 잘랐을까요? 아마 '군대가 싫어.'라는 하나의 생각이 처음에 들었을 거예요. '군대는 무서워, 두려워.'라는 생각이 들었을 것인데 그걸 믿기 시작하면서 점점 더 군대 가기 싫어, 무서워 두려워, 군대 가면 난 죽을 것 같아. 이런 생각이 돌고 돌고 돌면서 압박이 되고, 그 생각에 밥을 주어서 공룡처럼 점점 더 커버리고, 그런 생각을 하다 보면 정보도 그런 정보만 받아들입니다. 그런 정보만 또 캐요. 그러면 군에 대한 안 좋은 정보만 받아들이게 돼요. 그러면 그 사람 머릿속에는 내가 군대 가면 죽을 것 같은 허망한 착각이 실제처럼 자리 잡습니다. 그런데 그 공룡이 너무 커버리면, 그 생각의 망상이 너무 커버리면, '내가 손가락을 잘라서라도 군대에 가지 말아야겠다.' 이런 허망한 망상을 믿게 된단 말이에요.

이런 식으로 자기 생각을 믿으면 삶을 거부하게 돼요. 어리석음이 시작되는 겁니다.

그런데 주어진 삶은 언제나 진실이에요. 그래서 삶을 사는 것, 지금 주어진 삶에 자신을 완전히 내맡기고 사는 것이 중요합니다. 더 큰 성공을 원할 수도 있어요. 선호하고 원하고 간절히 바라는 건 좋습니다. 그러나 결과에 대한 집착이 없어야 합니다.

반드시 일 년 내에 성공해야 된다는 방식도 별로 좋지 않은 자세입니다. '나는 최선을 다할 거야. 그래서 일 년 내에 성공하도록 열심히 노력할 거야.'까지는 좋아요. 그런데 일 년 내에 성공 못하면 절대 안돼. 이런 생각은 가지면 안 됩니다.

왜? 내가 괴로워집니다. 반드시 일 년 내에 성공할 수도 있고 성공 못할 수도 있거든요. 그러니까 무엇이든 마음을 내되 '반드시'라는 생각은 내려놓고 발심하는 거예요. 마음을 내서 나는 성공할 거야. 나는 진급할 거야. 난 돈을 더 벌 거야. 나는 집을 빨리 살 거야. 내 자식은 좋은 대학에 갔으면 좋겠어. 다 좋습니다. 마음 내는 것은 다 좋습니다. 간절히 마음 내는 것이 좋습니다.

그러나 그게 올지도 모르고 안 올지도 모른다는 것에 마음을 열고, 결과에 집착을 내려놓고, 또 오더라도 언제 올지 모른다. 난 알 수 없다. 모를 뿐이다. 시절 인연이 올 때 올 것이다. 정확히 나에게 필요할 때 필요한 만큼의 인연이 올 것이라는, 인연에 완전히 내맡기는 마음을 가져야 합니다.

그리고 삶이 바로 진실이니 지금 이 순간이 바로 진실이에요. 지금 여기에 바로 진실이 드러나 있어요.

내가 가장 지혜롭게 사는 것은 지금 여기를 100퍼센트 연소하면서 사는 겁니다. 과거나 미래에 끌려다니지 않고, 지금 여기를 완전히 받아들여서, 지금 내가 그 일을 하고 있다면 지금 나는 그 일을 해야 될 때입니다. 아직 내가 결정하지 못했다면.

'난 이직하고 싶은데요.' 그런데 지금 여기 있다면 아직은 여기 있어야 할 때예요. 이직을 진짜 해야 할 시절 인연이 올 때가 되면 고민하지도 않아요. 자기가 알아서 이직을 해버립니다. 지금 아직 그러지 못하고 있다면, 어떤 이유가 됐든 그러지 못하고 있다면 지금은 여기에 100% 받아들이고 100% 열심히 할 때입니다.

생각만으로 '나는 다른 데 가고 싶어.' 이 생각할 때가 아니란 말이죠.

출가하는 분들 얘기 들어보면 이렇습니다.

"스님, 제가 출가하고 싶은데 할까요, 말까요?"

고민을 물어봐요.

"하는 것이 좋을까요 안 하는 것이 좋을까요?"

"하고 싶으면 하세요."

"그런데 이것 때문에 못 하겠어요."

"그럼 하지 마세요."

"그래도 하고 싶어요."

그럼 물어볼 필요가 없습니다. 출가해야 되겠다고 결론 딱 내고 나면 저한테 묻지도 않고 그냥 가버려요. 통보하고 가버립니다. 통보라기보다는, 그렇게 되더라고요.

아직 때가 아니면 왔다 갔다 왔다 갔다 하는 거예요.

왔다 갔다 왔다 갔다 하는 시기라면 아직 때가 아닌

거예요. 그러면 지금 왔다 갔다 하는 건 내맡기고, '결정
은 부처님이 하십시오. 하나님이 하십시오. 내면에서 진
짜 참 진리가 하라.' 하고 진리에 탁 내맡기는 거예요. 그
리고 나는 지금 주어진 삶을 현실을 살면 되죠. 그러면
서 퇴근하고 나서 이직하고 싶은 것에 대한 공부를 좀
할 수는 있겠죠.

　지금 내가 주어진 현실에 삶을 100% 허용하고, 받아
들이고, 삶을 연소하고 사는 것. 완전히 내맡기고 사는
삶. 그게 바로 진정한 불이중도 지혜의 실천입니다.

생각과 분별이라는 망상

꿈속에 있을 때는, 꿈에서 깨기 전에는 좋은 꿈도 있고 나쁜 꿈도 있어요. 좋은 꿈은 좋고, 나쁜 꿈은 싫어요. 그런데 꿈에서 깨니까 그게 아무 의미가 없어요. 좋은 꿈이든 나쁜 꿈이든.

왜 그럴까요? 꿈이니까. 실제가 아니니까. 좋은 꿈 나쁜 꿈 상관없단 말이에요. 뭔 꿈을 꾸든 꿈인데, 무슨 심각할 필요가 있겠습니까? 꿈인 줄 안다면.

여러분 가끔 자각몽 꿀 때 있잖아요. 꿈인 줄 알고 꿀 때가 있어요. 그때는 꿈속에서 심각한 것이 나와도 심각해지지 않아요. 꿈 재밌게 가지고 놀다가 깨면 되지 이렇게 된단 말이에요. 그 꿈이 심각해지지 않아요. 꿈속에서 돈 벌겠다고 심각해지지 않아요.

사실 이 현실이 그 꿈과 같아요. 그래서 꿈에서 깨고 나면 이 심각하던 현실이 전부 다 꿈처럼 '심각한 것이 아니었구나.' 가벼워진단 말이죠. 그러니까 현실을 되게 가볍게 살아요. 현실을 즐겁게 살아요. 유희삼매遊戲三昧. 가지고 놀듯이 아주 즐겁고 재밌게.

그런데 무게감, 심각성, 집착이 없으니까 아무것도 안 할 거 같기도 합니다. 그러나 심각함과 무게감과 집착이 없으면 더 큰 열정이 피어납니다. 쉽게 말해서 가슴 뛰는 삶을 살게 돼요.

아무것도 하지 않는 게 아니라, 집착이 없는데 오히려 더 열심히 하게 되고 그 속에서 직관력, 창의력, 이런 것들이 마구 샘솟는단 말이에요. 심각하게 하지 않는데도, 가볍게 하는데도 뭐든지 다 됩니다. 저절로 돼요. 신기하게 저절로 이루어져요.

그리고 신기하게도 내가 하는 것이 아닌데, 이 우주

법계가 무한히 도와주고 있어요. 사실은 지금도 매 순간, 내가 노력은 적게 했는데 우주 법계가 어마어마하게 도움을 주고 있습니다.

진짜 큰 건 뭘까요?

이 세상, 이 우주 전체를 100이라고 했을 때, 그 크기를 100이라고 했을 때, 1을 빼고 나머지 99만큼을 얘기하면 그건 큰 거죠. 엄청 큰 거잖아요. 우주를 100으로 본다면 그건 크다고 얘기할 수 있잖아요. 왜? 1보다는 크니까.

그런데 이 우주를 100이라고 봤을 때, 100을 크다고 할 수 있어요? 전부인데, 이것뿐인데, 이걸 크다거나 작다고 할 수 있어요? 크다거나 작다고 할 수 없어요. 크다거나 작다는 말은 상대적으로 비교할 대상이 있을 때만, 분별의 대상이 있을 때만 만들어질 수 있는 말이에요.

여러분이 무인도에 가서 어릴 때부터 혼자 살았다면 여러분이 큰지 작은지 알 수 있나요? 남자인지 여자인지 알 수 있어요? 알 수 없어요. 내가 사람인지 아닌지도 알 수 없어요. 비교 대상이 나타나야 그때서야 내가 키가 더 컸다는 것을 알 수 있는 거예요. 눈이 눈을 볼 수 없듯이, 하나는 하나를, 자기는 자기를 확인할 수 없어요.

마하摩訶라는 것은 법法을 드러내는 말입니다. 이 법이라는 말을 초기 불교에서는 다르마라고 했어요. 선불교에서는 마음이라고 해요. 이 법을 마음이라고 해요. 또 본래 면목이라고도 해요. 본래의 진정한 자기라는 것이죠. 진정한 자기의 본래 면목. 그래서 이것을 다른 말로는 진정한 자기라고도 얘기해요. 진정한 자기의 본래 면목. 진짜 내가 누구이냐가 핵심입니다.

우리는 지금까지 몸을 '나'라고 여기고 살아왔으며 느낌, 생각, 의지, 의식 즉, 수상행식受想行識을 마음이라 여기고 살아왔어요. 색수상행식 오온을 '나'라고 여긴 것이지요. 이것이 '나'라고 여기고 살아오니까 '나'는 어떨까요? 크고 작은 것이 있습니다. 나와 세계가 있고, 나와 다른 사람이 있고, 비교될 수 있습니다.

내가 큰지 작은지가 딱 비교 분별된단 말이에요. 바로

'나'가 있기 때문에 그렇습니다. '나'라는 아상我相, 에고에 사로잡혀 있기 때문입니다.

부처님 가르침의 핵심은 무아無我잖아요. 이게 내가 아니다. 인연 따라 잠깐 인연이 화합된 것뿐이다, 이렇게 말씀하셨습니다. 진정한 내가 아니라는 거예요. 이게 진정한 내가 아니기 때문에 이건 크다거나 작다고 말할 수 없어요. 진정한 자기가 누군지는 알 수 없어요.

마하는 진정한 자기가 누군지를 설하고 있는 것입니다. 진정한 자기는 크거나 작을 수 없어요. 비교할 수 있는 대상이 아니에요. 대상이면 크다 작다라고 할 수 있죠. 물건 같은 대상이면 크다 작다고 할 수 있죠. 이건 크다 작다고 할 수 있는 무엇인가가 아니에요. 전부이기 때문에, 전체를 얘기하는 것이기 때문에 크다고도 할 수 없고 작다고도 할 수 없어요.

그래서 이 법을 마하라고 해요. 자기 마음을. 여러분의 본래 면목은 어딘가에 속해 있는 것이 아니에요. 여러분 마음이 가슴에 들어 있을까요, 머리에 들어 있을까요? 알 수 없어요. 어디에 있는지.

"스님, 부처가 무엇입니까? 진리가 무엇입니까?" 물어보면 "뜰 앞에 잣나무." 답하듯이 "부처가 무엇입니까?" 하면 마하라고 얘기합니다. 마하가 바로 법을 뜻합니다.

마하라는 것은 상대적인 개념이 아닙니다. 우리는 상대적인 개념에만 익숙해요. 상대적인 세계는 연기緣起적인 세계예요. 이것이 있으므로 저것이 있고, 저것이 있으므로 이것이 있는, 이것과 저것이 서로 연결성을 가지고 인연을 맺고 존재하는 거죠. 그러니까 '크다'는 '작다'가 있어야만 존재하는 개념입니다. 혼자서는 존재할 수가 없어요.

아빠는 어떻게 존재할 수 있나요? 자기 혼자 아빠가 될 수 있어요? 불가능합니다. 자식이라고 아들이나 딸이 태어남과 동시에 아빠는 아들과 동시생同時生이에요. 아빠가 먼저이고 아들이 먼저이고 그런 게 없어요. 아빠가 있으므로 자식이 있는 거예요. 자식이 있으므로 아빠가 있는 것입니다. 이렇게 연기적으로만 생겨나는 거예요.

56

그런데 우리는 이 현실 세계만 알고 살다 보니 이 분별된 세계, 연기된 세계에만 사로잡혀서 그것만을 보고 규정하며 살아가고 있습니다. 무엇으로도 규정할 수 없는, 크다거나 작다고 할 수 없는, 맞다 틀리다, 옳다 그르다, 그런 개념이나 판단 분별로 규정지을 수 없는 삶의 진실은 제대로 보지 못하고 살아갑니다.

진실로 본다면 이렇습니다. 내가 부자냐 가난하냐, 난 부자다 가난하다, 우리는 그런 분별에 얽매이는 존재가 아니에요. 부자와 가난을 넘어서는 진정한 원만구족圓滿具足의 존재예요. 진정한 마하의 존재에요. 크거나 작은 존재가 아니라 마하의 존재. 진정한 원만구족이에요. 완전한 원만구족을 늘 매 순간 쓰고 살고 있습니다.

그것이 나의 진정한 모습입니다.

그러니까 습관적인 분별로 나는 맞다 틀리다, 옳다 그르다, 잘살았다 못살았다, 잘났다 못났다, 남들과 비교하는 모든 생각을 믿지 않으면 자유로워질 수 있습니다. 자기의 근원에 조금 더 한 발 가까이 다가설 수 있습니다.

그래서 그런 분별의 세계에 휩쓸려 다니는 삶을 사는

것이 아니라, 초금 더 진실에 가까워질 수 있는 삶을 살
수 있지 않을까 생각합니다.

보이는 것이 진짜일까?

갓난아기를 안 거쳐온 사람은 아무도 없습니다. 우리가 처음 이 세상에 태어났을 때는 누구나 갓난아기였어요. 갓난아기를 한번 생각해보겠습니다. 갓난아기의 눈동자를 바라보면, 무슨 세상 시름이 있겠습니까? 악의가 있겠습니까? 누군가를 미워하는 마음이 있겠습니까? 아무것도 없습니다. 그 아이가 그냥 눈 뜨고 있을 뿐이에요.

무엇이 나타나든 그걸 좋아하거나 싫어하지 않아요. 아기는 '저건 좋은 거, 저건 나쁜 거.' 하고 분별하지 않겠죠.

그냥 볼 뿐이고, 소리가 나면 들을 뿐입니다. 오취온五取蘊. 사람은 오온五蘊, 몸과 마음을 '나'라고 여기는 착각을 자꾸 취하고 쌓아둔다는 것입니다. 그것을 오취온이라고 합니다.

즉, 몸이 내가 아닌 갓난아기에게 '이 몸이 나야.' 이런 생각이 있을까요? 이 몸이 내 몸이라는 인지와 생각이 있을까요?

갓난아기보다 조금 큰 아이들조차 그림을 그려놓고 엄마에게 말합니다. "엄마 이것 봐. 얘가, 손이 그린 그림 좀 봐. 얘가 그렸어." 내가 그렸다는 생각을 하지 않습니다. 손이 그렸다고 하는 것은 그 손을 '나'라고 생각하지 않는 것입니다.

아기들은 '이 몸이 나다.' 이런 생각이 없기 때문입니다. 뿐만 아니라 '느낌이 나다.' 이런 생각도 하지 않습니다. 무엇인가를 느끼지 않는 것은 아니에요. 그런데 그 느낌을 취해서 오취온으로 쌓아두는 일은 없다는 뜻입니다. 그냥 통으로 하나로 경험된다는 것입니다.

갓난아기가 평범하게 있다가 오줌이나 똥을 쌉니다. 오줌이나 똥을 쌌으면 뭔가 모르게 좀 느낌이 이상할 것 아니겠어요? 그러면 응애응애 웁니다. 그냥 응애응애 하는 거예요. 어떤 느낌이 일어났다는 반응입니다. 그런데 이것을 가지고 좋거나 싫거나, 이것은 똥이거나 오줌이거나, 더럽다는 생각이 있을까요? 똥은 더럽다는 생각으로 "더러우니까 빨리 닦아줘." 이런 말을 하지 않습니다. 그냥 울 뿐이에요.

마찬가지로 아이가 뭔가 만지다가 칼 같은 것을 사용하다 잘못 베였다든지 아니면 어디 세게 부딪혔다든지 하면 통증을 느끼지요. 통증을 느끼지만 아기들은 이게 통증이라는 생각은 없어요. 그냥 응애예요.

그리고 배가 고프면 뭔가 배고프다는 느낌이 일어날 것 아니겠어요? 그런데 그걸 배고프다는 느낌이라고 알지는 못해요. 아이들은 그냥 응애 한단 말이에요.

즉, 이게 뭔지를 분별할 줄을 몰라요. 분별할 줄은 모르는데 그렇다고 아예 모르는 것은 아니에요. 알긴 압니다. 그런데 통으로 알 뿐이에요. 통증도 그냥 응애, 배고

품도 응애, 하나입니다. 둘이 아니게 경험됩니다. 이 앎이 없는 것도 아니고, 알아차림이 없는 것도 아닌데, 다만 분별할 줄 모르는 거죠.

그러다가 어느 날부터인가 아이가 조금씩 커가면서 부모에게 배워요. 부모가 그림 카드를 가져옵니다. 앞에는 컵 그림이 그려져 있고 뒤에는 컵이라고 글씨가 써 있는 걸 보여주면서 컵, 컵, 컵이라고 말해요. 이렇게 자꾸 하면 아이는 그다음부터 이것과 비슷한 것만 보면 컵이라고 말하죠.

그러면서 언어 개념이라는 분별이 시작됩니다. 이건 컵이구나. 또 부모가 그림을 보여주면서 칼, 칼, 칼이라고 보여줄 때마다 "안 돼, 안 돼." 얘기하면서 소리를 버럭 지르면 왠지 모르게 '칼 가까이 가면 안 되는 거구나.' 하고 칼에 대해서 추상적이고도 부정적인 느낌이 생성되겠죠.

이것은 개념을 짓는 작용입니다. 대상을 바라보고 '이것은 컵이구나.'라고 개념을 짓는 작용. 우리는 그것을 상온想蘊이라고 부릅니다. 쉽게 말해서 상온은 표상 작용이라고도 합니다. 대상을 식별하기 위해서 그 대상에 이름을 부여하는 작용이죠.

이건 컵이구나. 이건 부처님이시구나. 부처님을 보니까 좋구나. 불자들 같으면 부처님을 보면 자비롭고, 편안하고, 좋은 이런 느낌이 일어나겠죠. 내 상온, 표상 속에는 부처님이 좋은 이미지로 기억되어 있는 것이죠. 그런데 또 다른 상온을 가지고 있는 사람은 부처님을 싫어할 수도 있겠죠. 그 사람에게는 그 표상이 다른 거예요. 이처럼 우리에게 언어화, 개념화 작용들이 일어나게 됩니다.

좀 더 넓게 본다면 이렇게 표상 작용뿐 아니라 비교, 판단, 추리, 총괄, 개념화하는 일체 모든 이성적인 사유, 생각을 전부 다 상온想蘊이라고 이름을 붙여요. 그런데 우리가 공부하는 입장에서 단순화시켜서 수온受蘊은 느낌, 감정, 상온想蘊은 생각, 개념이라고 쉽게 설명해보겠습니다. 우리는 이 상온을 가지고 세상 모든 것들을 이미지화해서 사진을 찍는다고 볼 수 있습니다.

컵 그림을 보고 컵이라고 우리가 가슴속에 찍어놓고

'이것은 컵이구나.' 알았듯이, 모든 것을 직접적으로 경험하는 것이 아니라 그것에 대한 이미지를 표상 작용으로 마음속에 찍어놓고 나서 그것을 컵이라고 알고 있어요.

우리는 세상을 직접 경험하지 않아요. 항상 누구나 세상을 표상 작용이라는 필터를 통해서 간접 경험해요, 그래서 이 말과 언어에 우리는 오염되어 있어요. 세상을 간접 경험하게 만드는 말이라는 필터. 언어 개념과 모양을 명상名相이라고 불러요. 이름과 모양입니다. 이름을 기억해서 이름과 모양을 연결시키고, 컵이라는 이름과 컵이라는 모양을 연상하여 내 안에 컵을 인식하는 거예요. 그것이 내가 알고 있는 세상입니다.

그런 식으로 우리는 이 세상의 인연 따라 생겨나고 사라지는 모든 것들을 저마다 자기 식대로 사진을 찍어서 그것을 세계로 받아들이고 있어요. 세상을 있는 그대로 바라보지 못합니다.

그렇기 때문에 부처님께서는 정견正見을 말씀하십니다. 있는 그대로를 있는 그대로 보기만 하면 그것이 해탈이에요. 그런데 우리는 있는 그대로를 자기 식대로 표상 작용으로 상을 취하고 모양을 그린 다음, 그 모양을 가지고 걸러서 바라봅니다. 좋다거나 나쁘다고 규정합니다. 우리는 세상의 진실을, 실상을 단 한 번도 제대로 못 봐요. 이렇게 표상으로 걸러서 보는 마음, 그걸 허상이라고 하지요. 헛된 망상이라고 불러요.

정치와 종교가 바로 우리의 관념이 한쪽으로 극단적으로 치우치는 대표적인 예시입니다. 비유하기 제일 좋지요. 멀쩡한 사람도 종교 하나에 빠져버리면 대책 없이 빠져들어요. 상식도 안통합니다.

정치도 마찬가지예요. 저는 극단적인 보수, 극단적인 진보 정치인을 다 만나봤습니다. 그런데 평소에는 멀쩡해요. 무척 지혜롭고 자상하고 참 좋은 사람이에요. 그런데 정치 얘기만 나왔다 하면 너무 극단으로 치우칩니다. "그릇된 말은 아닌데 거기에 과도하게 집착하면 그건 틀릴 수 있다는 사실을 자각했으면 좋겠다."라는 얘기를 하면 발끈하기 시작합니다. 스님이 그럴 줄 몰랐다고, 스님이 세상을 모른다면서 정말 강렬하게 발끈해요. 반대 극단도 마찬가지예요. 갑자기 돌변해버려요.

특정 정치 세계나 특정 종교나 어떤 특정 견해에 치우쳐 있게 되면 '이 종교는 이런 것, 정당은 이런 것, 이쪽만 좋은 거야.'라는 상을 스스로 취하고 있게 됩니다. '진보는 또는 보수는 나쁜 거야.'라는 상을 취하고 있게 되면, 세상을 그 필터로 걸러서 봐요.

매체들을 봐도 보수는 극단적인 보수 채널만, 진보는 극단적인 진보 채널만 주구장창 만듭니다. 그러면 극단적 생각이 옳다는 것을 강화시키고 반대편이 틀렸다는 것을 강화시키는 연관 영상들이 계속 뜹니다. 계속 극단적인 것만 보게 돼 있어요. 그렇게 치우친 견해가 점점 더 견고해지고, 그런 사람들끼리 댓글을 서로 보면서 '맞아 내가 맞았어, 역시 내가 옳았어.' 하는 거죠.

마음이 열려 있지 않은 사람은 상대방 견해를 듣지 못해요. '들어보나 마나 틀린데 뭐하러 들어봐. 시간 낭비하게.' 이렇게 한단 말이에요. 마음이 닫혀요. 내 견해, 내 표상과 맞는 부류와 유유상종으로 결이 같은 사람들끼리만 만나요. 그러면 자기가 편협하게 치우쳐 있다는 사실을 죽었다 깨어나도 몰라요. 심지어 자신이 지혜롭다고 생각해요. '저 사람들은 절대적으로 틀렸고, 절대적으로 어리석은 사람이고, 나는 절대적으로 옳아.' 그렇게 생각해요.

그런 세상을 보는 필터를 가지고 그 필터만 옳다고 바라보는 것입니다. 정치도, 정책도 다 그 필터를 통해서만 바라봅니다.

특정 종교에 과도하게 집착하게 되면 그 종교적 필터를 가지고만 세상을 바라봅니다. 종교라는 상에 중독이 되는 것이 제일 무섭죠. 이를테면 어떤 종교에 빠져들어서 그 종교의 교주가 '우리가 지금 다 같이 죽으면 극락 간다.' 하면 진짜라고 믿어요. '천국 간다.' 이러면 진짜라고 믿습니다.

옛날에 그런 사건이 있었습니다. 어떤 종교 집단에서 교주가 "다 같이 죽자. 다 같이 집단 자살을 해서 우리는 천국으로 간다. 그러나 아무나 못 죽는다. 복이 없는 사람은 못 죽는다." 한 거죠. 같이 죽지 못할 만한 복 없는 사람들은 저쪽에 밀어놓고 "너희들은 죽을 수 없어. 복이 없어서. 너희들은 거기 있어."라고 했답니다.

그리고 죽을 수 있는 사람, 천국 갈 사람만 뽑아서 다 같이 집단 자살을 했습니다. 그런데 그때 같이 죽지 못한 사람들이 너무 비참해했다는 것입니다. 거기 못 간 것이 한이 됐대요.

'나도 같이 죽어서 극락에 갔어야 했는데. 천상에 갔어야 했는데. 내가 얼마나 복이 없으면, 얼마나 그분(교주)께서 나를 사랑하지 않으면 저기 못 들었을까?'

그래서 죽지 못한 것이 너무 비참했다는 거예요. 이게 뭘까요? 자기가 만들어 놓은 표상이잖아요. 거기에 묶여 있으면 헤어나지 못해요. 그런데 그건 누가 만들었을까요? 자기가 만든 것 아닐까요? 자기가 그걸 취한 거 아니에요? 수없이 많은 다양한 견해들이 있는데 그 견해 가운데 이 견해를 내가 쥔 거 아닐까요? 누가 쥐었습니까? 자기가 쥐었어요. 자기가 붙잡은 상이에요.

우리는 세상 모든 것들을 그렇게 바라봅니다. 그래서 표상이란 것이 있으면 내 방식대로 취하는 것들만 눈에 띄기 시작해요.

예전에 저는 자연의 아름다움에는 큰 관심이 없었어요. 어릴 때 가장 이해하지 못했던 것이 어르신들이 버스까지 대절해서 봄에 꽃구경 가고 가을에 단풍 구경을 간다는 것이었어요.

"뭐지? 맨날 고개 들면 꽃이 다 여기에 있는데 뭔 꽃구경을 가지? 단풍 구경은 왜 가는 거지?" 이해를 못했어요. 자연의 아름다움을 몰랐으니까요. 산에 가는 건 더 이해 못했어요. 그 힘든 짓을 왜 하는 거지? 그랬단 말이죠.

늘 자연이 제 주변에 있었는데도 그 자연이 저에게는 그다지 중요하지 않았어요. 마음에 강렬한 표상으로 다가오지 않았어요.

그런데 어느 날 자연의 아름다움에 눈 뜨는 사건이 있었어요. 그 이후부터는 산에 그냥 가만히 있는 것이 너무 좋았습니다. 풀 한 포기, 나무 한 그루를 바라보고 숲을 바라보는 것이 너무나도 감동적인 거예요. 그래서 툭하면 지리산으로, 한라산으로, 설악산으로 다니고, 히말라야까지 갔다 왔죠. 자연은 분명히 저에게 있었습니다.

그런데 저에게 없었던 것이죠. 있어도 없었어요.

사람들은 아이들을 보러 학교에 갑니다. 그 학교에 얼마나 많은 아이들이 뛰어놀고 있겠습니까? 그런데 그아이들이 진짜 있습니까? 내 마음속에 표상으로 찍혀있는 내 아들, 내 딸, 혹은 내 자식과 친한 친구들 몇 명. 그들만 나에게 중요도가 부여된 채 표상으로 자리잡고 있으니 그들만 눈에 띄어요.

또한 누군가 "저 친구는 좀 별로 안 좋은 친구라더라." 이런 얘기를 하면 그 친구는 보자마자 안 좋은 사람으로 보인단 말이에요. 그 필터를 가지고 그 사람을 바라보게 돼요.

우리는 세상을 본다고 보지만 내가 보고 싶은 것만 봅니다. 있는 그대로를 못 보고 내 표상으로 걸러진 것만 보며 전체를 보지 못합니다.

여러분 대문 앞에, 발 밑에 어떤 작은 꽃이 피어 있는지 아세요? 평생 못 보는 사람도 있을 수 있어요. 그런데 어느 날 문득 봤더니 거기 꽃이 펴있는 것을 본 적이 있을 거예요. 그걸 알아차리기 전에는 평생 몇십 년을 살았어도 거기에 있던 꽃은 나에게 없었던 거죠.

제가 전라도 광주에 관음사라는 절의 주지로 있을 때 그 바로 앞에 사는 분이 계셨어요. 제가 서울로 이사 와서 서울에 있는 절에 있을 때 서울까지 찾아오셨습니다. "스님, 스님이 광주에서 주지로 계실 때는 제가 전혀 불교에 관심도 없었고, 종교에조차 관심도 없었고, 스님이 왔다 갔다 하는 것을 봤는데도 불구하고 전혀 관심이 없었어요."라고 하셨습니다. 그전에는 마음이 없었던 거예요. 불교는 아예 관심이 없었던 거죠.

그러다가 이런저런 우여곡절을 겪고 불교를 만나게 되고, 그러면서 유튜브를 보다가 저를 보고 알았대요. 어디에서 많이 본 것 같아서 보니까 옛날에 그 문 앞에 있던 스님이었다는 거죠. 그러니까 늘 있었어도 내가 보지 않으면 그건 없는 거예요.

여러분 인생에 얼마나 많은 무한한 가능성이 보이고, 들리고, 열려 있는지 아십니까? 그럼에도 불구하고, 우리는 그 가능성을 스스로 사장시켜버려요. 내 표상의 필터를 통해서 내가 보고 싶은 대로만 보고 있습니다. 자기식대로만 보는 거예요. 그래서 진실을 보지 못해요. 어쩌면 우리 인생에 수많은 기회가 왔었을 수도 있는데 말이죠.

"우리 좋은 모임이 있는데 한번 가볼래?" "우리 절에 좋은 스님이 오셨는데 그 절에 한 번 가서 법문 좀 들어볼래?" 그런 기회가 있었을지 몰라요. 그런데 그때는 내 인연이 안 돼서 "불교는 무슨. 너 절에 다녀? 젊은 사람이 뭔 절이야." 그러고 넘겼을 수 있단 말이죠.

저도 아주 어릴 때는 성당 유치원에 다녔어요. 그때는 불교는 몰랐어요. 제가 교회도 다닌 적 있어요. 교회 크리스마스 날 가서 맛있는 것도 얻어먹고 이런 적 있어요. 그땐 불교를 몰랐죠. 중학생 시절 한 스님을 만난 이후로 불교를 보기 시작했습니다.

그렇게 내 인생에 없었던 것들이 언제 등장할지 몰라요. 본래 없었던 것이 아닙니다. 무엇이든 모든 가능성이 사실은 내 눈앞에 완전히 열려 있어요.

내가 특정한 표상을 붙잡아서 그것만 쥐고 집착하고

있는 동안은 다른 것들에는 관심이 없는 거예요. 다른 것들은 가짜라고 느껴지니까 그 무한한 가능성이 나에게 올 수 없습니다.

우리는 세상을 자기 표상으로 자기식대로 걸러서 봅니다. 그런데 걸러서 바라보는 색안경이 없으면 어떻게 보일까요? 그저 보이는 대로, 있는 그대로를 있는 그대로 보게 될 겁니다.

불교는 이것을 공부하는 것입니다. 비본질적인 것, 진짜가 아닌 것들을 하나하나 걷어내는 거예요. 쉽게 말해 실상을 봅니다. 실상을 바라보는 지혜를 반야 지혜라고 합니다. 실상을 보는 것이 따로 있느냐? 따로 없습니다. 부처가 따로 있느냐? 따로 없습니다. 열반 해탈이 따로 있느냐? 따로 없어요. 중생에게 방편으로 만들어낸 거예요. 괴로운 사람이 중생이죠. 괴롭다라고 망상을 부리는 사람이 중생이에요.

'너 지금 괴로움에 묶여 있잖아. 분별에, 상온, 수온, 오취온에 묶여 있잖아. 지금 그걸 너라고 생각하면 묶여

있지 않니?' 거기서 풀려날 수 있다. 그 묶인 것에서 해
방될 수 있다. 그걸 알려주는 것입니다.

여러분이 진실에 눈 떠서 부처가 되면 어떻게 될까
요? '와! 나는 드디어 부처가 됐다. 어제까지 없던 부처
를 나는 오늘 만났다, 쟁취했다, 얻었다. 남들은 아무도
가지고 있지 않은 무언가를 나는 오늘 드디어 가졌다.'
이렇게 될까요? 아닙니다.
'이거라고? 아니야 그럴 수 없어. 이거는 모두에게 다
있는 건데? 내가 단 한 번도 이것 없이 산 적이 없는데?
늘 이걸 갖고 살았는데?'
이런 반응이 나오게 됩니다. 새로운 무엇을 얻어낸 것
이 아니에요. 다만 안목이 달라진 것이지 현실이 달라지
는 게 아니에요. 깨닫고 나면 갑자기 하늘이 붕 뜨는 것
도 아니고, 갑자기 아프던 몸이 다 낫는 것도 아니고, 인
연 따라 생겨야 할 괴로움이 갑자기 하나도 없어지는 것
도 아니에요.
'아, 현실이 이대로 진실이었구나. 지금까지 허상만

보고 살았구나. 표상을 진실인 줄 알고서, 인연 따라 생겨나고 사라지는 그것을 내가 상으로 취하면서 쥐고 살았구나. 이 생각이 옳다, 저 생각이 옳다, 저 생각은 틀렸다, 이 생각은 옳으니까 집착하고, 저 생각은 틀렸으니까 버려야 된다고 느끼면서. 내가 모양으로 만들어놓은, 취사 간택해서 만들어놓은 그것을 내가 쥐고 살았구나.'

이것을 깨닫는 것입니다.

2

중도,
인연 따라
왔다 가는 것

"이건 내 땅, 이건 내 집이야!"

땅의 입장에서 보면 얼마나 어이없고 웃길까요.

우리 몸도 임대인데 어떻게 내 집이 있나요.
다 100년짜리 월세 아니에요?

인연법이 곧 무無

중도로 사는 것은 무엇일까요? 무엇을 해도 좋은데 거기에 과도하게 집착할 필요는 없다는 사실을 아는 것입니다.

왜? 왔다 가잖아요. 실체 있는 게 아무것도 없잖아요. 그냥 흘러갈 뿐이에요. 이 세상은 무상하게 그냥 흘러갈 뿐이라서 실체라는 게 없어요.

제가 처음 들어왔을 때 여기 촛불이 켜져 있었습니다. 아까 처음 들어왔을 때 그 촛불하고 지금 촛불은 같은 촛불일까요, 다른 촛불일까요?

같다고 할 수도 없고, 그렇다고 다르다고 딱 잘라서 결론을 낼 수도 없죠. 그게 중도적인 관점이에요. 중도적으로 보는 거예요. 견해 없는 견해가 중도적인 견해입니다. 어떤 견해에 치우치지 않는 것, '모를 뿐이다.'라는 게 중도예요.

아까 촛불과 지금 촛불이 같은지 다른지를 다만 모를 뿐이에요.

물잔의 물이 아까는 따뜻했습니다. 지금 물과 아까 그 물은 같을까요, 다를까요? 달라졌어요. 아까는 따뜻했는데 그 온도가 다 사라졌어요.

여러분은 어떻습니까? 처음 절에 들어갈 때 여러분과 그전의 여러분은 같습니까? 다릅니까? 다르죠? 똑같다고 얘기할 순 없죠. 그런데 우리는 똑같다고 여기면서 살아왔잖아요. 뭐가 바뀌어도 바뀌었는데 말이죠.

우리가 십 년을 놓고 보면, 십 년 전과 지금이 완전 다르잖아요. 늙은 것이 보입니다. 우리는 매 순간 조금씩 늙어갑니다. 그런데 바로 전과 비교하면 늙었다는 것을 알 수 없어요. 초고해상도 현미경을 통해 보면 미립자는 10의 마이너스 23승 초에 한 번씩 생멸을 반복한다고 합니다. 한 찰나에 우리 몸에 있는 모든 미립자가 다 죽었다가 다시 태어난다는 거예요.

미립자 차원에서 봤을 때 조금 전에 있던 나는 완전히 사라지고 없고, 새로운 그다음 미립자로 이루어진 내가 여기 있는 것입니다. 아까 저 촛불처럼. 아까 타오르던 그 촛불이 지금의 촛불이 아닌 것처럼.

광안리 해수욕장에 나가면 바다가 있어요. 어릴 때 보던 바다와 지금 바다가 같을까요 다를까요? 우린 바닷물 똑같다고 생각하는데 사실 그 물은 똑같은 물일 수가 없잖아요.

그런데 우리 분별 의식은 어떤 것을 좋아하나요? 안다는 착각을 일으켜요.

"나 광안리 바닷가 알아. 그 바닷가 알지? 나는 그곳을 다 봤어. 손도 담그어 봤어. 만져봤어."

그래서 안다고 착각하는 거예요. 나에 대해서도 내가 안다고 착각합니다.

여러분 눈앞에서 제가 "탁." 죽비 소리를 한번 내겠습니다. 그 소리를 여러분은 다 알고 있습니다.

그런데 여러분은 어떻게 생각하냐면 "탁." 이 소리 하나가 있었고 함께 있는 모든 사람이 같이 공유해서 들었다고 생각해요.

"탁." 이 하나의 소리를 다 같이 들었다고 생각합니다. 이 소리가 전해와서, 내 귀에 왔다가 저 뒤에 사람에게도 갔다가 여기 있던 소리가 저기까지 갔다고 생각해요. 같은 소리라고 생각해요.

그런데 사실은 제가 듣는 "탁." 소리와 여러분이 듣는 소리는 다른 소리에요.

소리에서 가까우면 크게 들리죠. 그런데 멀어질수록 점점 작게 들리겠죠? 소리의 파장 자체가 다르죠? 근거리 소리와 먼 곳의 소리가 달라요. 그런데 우리는 내가 아는 그 소리가 똑같이 전달된다고 생각해요.

마치 이것과 비슷해요. 바다 저쪽에서 큰 파도가 치면 그 파도가 이리로 온다고 생각하잖아요. 사실 물 입장에서는 저기 있던 파도가 여기까지 온 게 아니고 그냥 거

84

기서 위아래 반복을 하고 있을 수도 있어요.

　가까이 계신 보살님이 듣고 있는 이 소리와 저 멀리에 있는 분이 듣고 있는 소리, 지금 제가 듣고 있는 소리와 전혀 다른 소리를 듣습니다. 파동 자체가 달라서예요.

　이 파동이 계속 다음, 그다음, 또 그다음으로, 소리의 파동이 공기 안에 있는 뭔가를 움직이게 만들겠죠. 그 움직임이 옆으로 옆으로 이어져서 거기에 있는 소리가 들린 것이지요. 여러분 귀에서, 여러분 목전에서 그 소리가 생겨나고 사라진 것일 뿐이지 제게 있던 소리가 여러분께로 간 게 아닙니다.

　제게 있는 소리가 여러분께로 오고 가고 하는 게 아니에요. 그런데 우리는 그렇게 생각하지 않아요. 중생의 분별심은 "탁." 하나의 소리가 왔다 갔고, 이 소리와 그 소리는 같다고 생각해요.

　"탁." 이 소리는 생겨나고 사라질 뿐입니다. 지금 내가 이 소리를 경험하고 있을 뿐이에요. 그냥 경험됐을 뿐이잖아요. 소리가 오고 간다라는 생각은 그저 생각이고 망

중도, 인연 따라 왔다 가는 것 85

상이고 분별입니다. 그래서 실체가 없다고 하는 거죠. 그냥 일어나고 사라질 뿐이다. 인연 따라서 모든 것은 일어나고 사라질 뿐이지, 고정된 실체라는 것은 어디에도 그 무엇도 없습니다.

불교에서는 매 순간이 새롭다, 날마다 새롭게 피어난다는 얘기를 합니다. 왜? 매 순간 새로운 것밖에 없어요. 숨을 평생 쉬어왔지만 똑같은 숨은 한 번도 쉰 적이 없습니다. 똑같은 남편을 보고 살아왔지만 똑같은 남편을 한 번도 만난 적이 없습니다. 뭔가 달라져도 달라졌어요. 조금 늙어도 늙었어요.

그런데 우리 눈은 한계가 있어요. 현미경으로 볼 수 있어도 우리 눈으로는 못 보잖아요. 가시광선의 영역에 있는, 그 파장에 있는 영역밖에 보지 못합니다. 그 이상의 파장에 있는 것들은 못 보거나 얕은 수준만 보니까 그냥 '같다.'라고 착각하는 거예요.

내 눈으로도 달라진 걸 확인했는데도 불구하고 머릿속의 인식이 바뀌지 않습니다. 어떤 사람에 대해서 평가

할 때 과거의 상을 머릿속에 집어넣어 놓고, 달라진 지금의 그 사람도 '그때 그 사람'으로 동일시켜버리는 거예요. 분명히 이 사람은 달라졌는데. 내 눈으로도 확연히 달라진 게 느껴지는데도 불구하고 '아니야 저 사람 달라지지 않았어. 내가 알아.' 이렇게 고정해버리는 거죠.

그러니까 우리는 맨날 똑같은 것만 보고 사는 거예요. 우리 인생이 매일 똑같은 일만 반복되는 진부하고 새로운 발견이 없다고 생각하고 자꾸 여행을 떠나는 것 아닐까요? 새로움을 만나는 즐거움. 육근六根이 새로운 것을 만났을 때의 기쁨. 이런 것을 느끼고 싶은 거 아니겠어요?

그런데 사실 우리는 매 순간 새로운 걸 만나고 있는 것입니다. 한순간도 똑같은 순간이 없는데 우리 눈에는 안 보일 뿐이죠.

그래서 무아無我입니다. '나'라는 고정된 실체가 없습니다. 끊임없이 인연 따라 변화해가고 있을 뿐이죠. 변화한다는 것은 같지 않다는 얘기이고, 엄밀히 말하면 같다고도 다르다고도 규정할 수 없다는 얘기예요.

인연을 따르는 삶의 법칙

분별이 일어나기 전의 자리는 텅 비어 있습니다. 이것을 무자성無自性, 자성이 없다고 합니다. 어떤 실체가 없다는 거죠. 자성이 없는 가운데 인과 연이 화합하면 그냥 일어날 뿐이니 연기법緣起法이라고 합니다. 인연에 따라 생겨난 연기법은 무자성입니다. 연기법, 공空이라는 말, 무아라는 말이 같은 의미입니다.

지금은 아무 소리가 없죠. 그런데 "탁." 소리를 내면 인과 연을 화합시킨 결과로 갑자기 없던 소리가 생겨나요. 소리는 어디에도 없었는데 "탁." 이렇게 생겨나게 됩니다.

인과 연이 부딪힘을 통해 새로운 것이 잠시 드러난단 말이죠.

우리 마음속에 지금 화도 없고 분노도 없습니다. 그런데 갑자기 제가 여러분한테 욕을 버럭 한다면, 갑자기 욱하고 화가 날 수 있겠죠. 인을 제공해주면 인연 따라 그냥 욱하고 올라온단 말이에요.

본래 아무것도 없는 가운데, 인연 따라 모든 것들이 생겨나고 사라질 뿐이다. 그런데 인연 따라 생겨나고 사라지는 것에는 어떤 의미가 없습니다. 분별할 것도 없고 맞다 틀리다, 옳다 그르다 할 것이 없습니다. 이것은 큰 것도 아니고 작은 것도 아닙니다. 인연 따라 크기도 하고 작기도 합니다. 나는 잘난 사람도 아니고 못난 사람도 아니에요. 그냥 있는 이대로입니다.

그런데 우리는 자기식대로, 자기의 분별을 가지고 세상을 보며 살아왔습니다. 이 세상이 전부 다 인연 따라 생겨나고 사라지는 줄을 연기법으로 깨닫게 된다면 '그 무엇도 실체가 없구나. 공하구나. 있다고 할 수 있는 게 아니구나. 그냥 생겼다.'라는 것을 알게 됩니다.

무소유라는 것이 무엇입니까? 본래 소유했다고 하지만 소유한 바가 없어요.

땅의 입장에서 보면 얼마나 웃길까요? 땅이 먼저 있었는데, 갑자기 찰나의 시간 동안, 100년도 안 되는 그 짧은 시간 동안 티끌 같은 인간이 갑자기 등장해서 이게 자기 소유라는 거예요. 자기 땅 없어지면 울고불고 더 늘리려고 전쟁도 일으키면서, 별짓을 다 하면서 자기 것이라고 하다가 죽는단 말이에요. 땅 입장에서 보면 어이가 없는 거죠.

불교의 모든 교리를 가만히 보면 결국 이 연기緣起, 중도中道를 설명하는 것입니다.

인연 따라 생기고 사라지니까 공하고 실체가 없습니다. 비실체성이죠. 무소유 무집착이죠. 반야심경에는 이 무소득고以無所得故라는 말이 나옵니다. 무소득, 얻을 바가 없다. 어떻게 '내 것'이 존재할 수 있습니까? 인연 따라 잠깐 왔다 가는 것이지, 땅이 어떻게 내 것이 됩니까?

그런데도 불구하고 분별로 내 것이라고 규정합니다. 수조 원을 가진 부자는 실제 그 돈을 가진 걸까요? 통장에 동그라미라는 어떤 데이터로만 존재하는 것이 아닐까요?

사람들이 "나는 매매해서 자가이고 너는 월세?" 이럽니다. 이 세상에 자가가 어디에 있어요? 다 100년짜리 월세 아니에요? 우리 몸도 임대해 들어와 있는 건데, 어떻게 집이 '내 것'이 있을 수 있겠어요? 빌딩 수백 개가 내 것이라고 해도 진짜 자기 것은 아니에요. 그냥 거기가 있는 것이지요.

여러 사람이 "이거 네 것 해. 이건 내 것 할게." "이건 네가 가졌다고 하자." "이건 내가 가졌다고 하자." 게임을 하는 거예요. 땅 입장에서 보면 얼마나 어이없는 일이에요. '잘한다, 잘 논다.' 하겠죠.

바닷가 백사장에서 유치원 아기들이 모래성을 쌓아서 "이거 내 땅이야, 이거 내 집이야." 하고 놀죠. 근데 옆에 애가 와서 발로 한번 뭉개면 버럭 화내면서 죽자 살자 싸우잖아요. 울고불고 난리가 나잖아요. 다 가짜인데. 옆에서 보고 있는 어른들이 보기에는 어이가 없죠. 좀 있다가 밤 되면 다 뭉개고 집에 밥 먹으러 갑니다. 부처님이 봤을 때, 우리가 지금 돈, 명예, 권력, 집 가지고 싸우는 게 그렇게 보이지 않겠어요?

업습에 의한 결과물

모든 것들은 그냥 잠깐 생겼다가 사라질 뿐입니다. '나'라는 사람도 잠깐 생겼다 사라지는 것이기 때문에 내 뜻대로 내 인생을 마음껏 바꾸고, 변화시키고, 통제하고, 입맛에 맞는 사람들을 내 인생에 집어넣을 수 없습니다. 빨리 깨달아야 합니다. 세상은 내 뜻대로 되는 게 아니구나!

그런데 내 뜻대로 내 세상을 바꾸려고 하니까 괴롭지요. 내가 존재하는 줄 알고, 내가 노력하면 되는 줄 알고. 내가 해서 되는 게 아니라 인연이 시키는 겁니다. 내가 노력해서 됐다고 생각하지만, 인연이 받쳐주지 않았는데도 된 것이 있습니까?

'난 타고나기를 똑똑하게 태어나서 좋은 대학 갔다.' 이렇게 생각해요. 근데 자기 혼자 똑똑해봐야 그게 가능합니까? 무수히 많은 사람들이 돕지 않으면 그런 일이 일어날 수가 없습니다. 인연이 한 것이지 내가 한 것이 아니에요.

그래서 '내가 했다.'라는 생각, 그 생각을 쥐게 되면 괴롭습니다. 왜? 내가 했다고 생각하니까 앞으로의 인생도 내가 할 수 있다고 생각하죠. 점점 나이를 먹으면서 삶도 윤택해지고, 어렸을 때보다는 경제적으로도 조금 더 안정되어가고. 조금씩 괜찮아지는 삶을 살았단 말이에요.

'내가 이만큼 살았지. 내가 이만큼 돈도 벌었지. 내가 이만큼 자식들도 잘 키웠지.' 그렇게 생각하며 살았는데 '그게 아니었구나.'라는 게 앞으로 계속 증명되게 됩니다.

나이가 들면 들수록 이상하네. 젊을 땐 내가 원하는 대로 됐는데 왜 안되지? 젊을 때도 사실은 내가 원하는 바대로 됐던 것이 아니라 인연이 될 만하니까 이루어졌던 것입니다.

그렇다고 해서 인연이 알아서 하는 거니까 '난 해도 안되는구나.' 하고 포기한다면 그건 인연이 뭔지 모르는 사람이죠. 내가 노력하는 것도 인연을 갖고 가는 거예요. 내가 노력하는 것도 내 마음의 인연이잖아요. 그러니까 최선을 다해야 돼요. 그게 인연을 잘 가꾸는 길이에요. 그런데 나 혼자 하겠다고 해서 다 되는 것이 아닙니다. 세상이 도와주지 않으면 안되잖아요.

내가 밥을 한 끼 먹으려고 해도, 밥 한 공기 안에 무수히 많은 사람들의 도움과 노력과 공덕이 들어 있잖아요. 내가 한 게 아니라, 온 우주 법계 전체가 함께했고, 인연이 도와줬기 때문에 밥 한 끼 먹을 수 있었던 것입니다.

내가 잘나서 한 것이 아니었어요. '내가 잘나서 내가 돈 벌고, 내가 사업 잘하고, 내가 능력 있고 내가 성격 좋으니까 이만큼 살았지.' 오만한 생각이에요. 이 세상의 도움 없이, 인연의 도움 없이 결코 그런 일은 일어날 수 없었습니다.

간단합니다. 나는 나 아닌 것들이 인연 따라 모여서 나를 이룬 거잖아요.

여러분 지금 물, 밥 아무것도 안 먹고, 공기도 들이마시지 않고 있으면 내가 있습니까? 공기를 딱 차단시켜 보세요. 10분만, 5분, 3분만 공기라는 인연을 딱 차단시키면 전부 다 목을 잡고 코를 부여잡고 쓰러질 거예요.

평화로운 일상도 공기가 없으면 어떻게 가능할까요? 밥이 없으면 어떻게 가능할까요?

모든 것이 인연이 도와준 거죠. 지금까지 '내가 했다.'라고 오만하게 살았는데 내가 한 게 아니에요.

내가 하는 게 아니라 인연이 합니다. 다르게 말하면, 인연을 잘 가꾸면 내 인생도 잘 풀리겠죠. 현실을 봐도 그렇습니다. 인연을 소홀하게 여기는 사람은 자기 인생에도 소홀해지죠. '나에게 오는 인연들을 내가 어떻게 맺고 사느냐?' 그게 내 인생을 만듭니다. 내가 만나는 사람들을 따뜻하게 대하고, 그들을 도와주고, 그들을 나로 인해서 행복하게 만들어준다. 그렇다면 인연을 잘 가꾸고 있는 거죠. 그 사람은 어떤 과보를 받겠어요? 내가 인연을 그렇게 잘 가졌으니까 나에게 좋은 인연이 오는 거죠. 내가 좋은 인연을 베풀었으니까요.

내가 배려를 받으면 나도 누군가를 배려해주게 됩니다. 우리가 자기 이익이 걸린 일에서는 배려하기 어렵죠. 예를 들어 집에서 임차인을 받을 때도 그렇습니다. 제가 대학 다닐 때 살면서 월세 내던 집이 있었어요. 그런데 집주인 중에서 '나는 돈 받는 사람이야.' 그러니까 돈 받는 게 가장 중요하다고 생각하는 사람들도 있었지만 자식, 손자처럼 생각해서 밥은 먹고 다니냐고 물어보고, 오가다 이런저런 이야기 나누게 되는 경우도 있었죠. 저는 그런 따뜻한 분들을 만났었거든요. 그렇지 않은 분도 만났습니다.

어떤 분은 매일 밥 먹었냐고 물어보셨어요. 제가 그냥 얼버무리면 밥을 해서 주시는 분도 만났습니다. 이렇게까지 해주셔도 되나 싶을 정도로 따뜻하게 해주시는 분들도 계셨습니다.

그런데 그것은 자기에게 돌아오는 것입니다. 내가 따뜻하게 사랑을 베풀고 산 사람이면 희한하게 좋은 사람만 만나지 않을까요? 그리고 까다롭게 구는 사람이라도 내가 따뜻하게 대하면 '이 사람한테 내가 까다롭게 하면 안되겠다. 이 사람한테는 내가 따뜻하게 다가가야지.' 하고 적어도 나에게는 따뜻하게 다가오는 변화를 경험합니다.

어떤 사람이 말과 생각, 행동을 어떻게 하는지 한마디 나눠보면, 말이 따뜻한 사람은 몇 마디 안 나눠봐도 쉽게 알 수 있어요.

'저 사람은 왠지 모르게 참 따뜻한 사람 같아. 착한 사람 같아' 또는 '기운이 좋은 사람 같아. 밝고 환한 사람 같아. 사람이 참 좋아 보여.'

이런 느낌이 오잖아요. 도인이라서 그 사람의 업을 훤히 읽어야지 가능한 걸까요? 아니에요. 그냥 잠깐 대화만 나눠봐도 알 수 있지요.

이걸 업습業習이라고 합니다. 업이라는 것은, 내 업이 안 좋은 업인데 잠깐 좋게 보이려고 애쓴다고 그 진정성이 드러나지는 않아요.

그런데 업이 습이 돼서, 선한 업을 짓는 게 습이 돼서 그게 훤히 드러나는 사람들이 있습니다. 그러면 그 사람과 대화 몇 번만 나눠봐도, 말과 행동을 조금만 섞어봐도 좋은 사람이라는 걸 모두가 압니다.

그런데 진짜 중요한 것은 내 남편 내 자식 내 가까운 사람한테 잘하는 거예요. 왜냐하면 가장 가까운 업이잖아요. 가장 가까운 인연이잖아요. 가장 가까운 인연이 나의 업을 드러내는 인연이거든요. 내가 어떤 사람인지를 알려주는 게 남편이고 아내입니다.

'남편, 이놈 진짜, 이번 생은 망했다.'라면서 남편을 바라본다면 그건 내 업이 망한 거예요. 남편 때문에 내가 망한 게 아니고 내 업이 오죽했으면 그런 남편을 만났겠어요? 그럼 간단해요. 이 세상을 다 바꾸려고 기를 쓸 필요 없어요. 이 세상에서 가장 많이 만나는 사람, 그게 남편이니까 남편과 나와의 인연이 해탈하면 돼요.

한숨 소리가 들리는 것 같습니다. 이게 쉽지 않은 일일 수도 있어요. 업을 해탈한다는 건 쉽지 않으니 그래서 나부터 해야죠.

함께 얘기할 때는 부드럽게 대화하다가도 전화 받는 것을 보면 누구한테 전화 오는지 바로 알아요. "뭔데. 빨리 말해. 알았어 알았어." 그건 무조건 자식 아니면 남편이에요.

전화받았는데 "아 네네." 이러잖아요? 그러면 학교 선생님이든지, 학원 선생님이든지, 다른 학부모입니다.

그 사람들에겐 내 감정을 숨겨야 하고, 일단 좋게 대해야 하죠. 그런데 자식이나 남편한테는 감정을 안 숨긴단 말이에요. 내가 화나면 화난 대로 지른단 말이죠.

그래서 내 마음 공부를 살펴봅니다. 사실은 가까운 데서부터 시작하는 거예요. '발 아래를 살펴라.' 하듯이, 나와 가장 가까운 인연부터 살피는 거예요. 조고각하照顧脚下라는 것은 신발 잘 놓으라는 말이 아니고, 발밑을 살피라는 말이에요. 가장 가까운 인연부터 다스리지 못하는 사람이 어떻게 깨달음을 얻겠어요?

내 삶이 행복해지면 좋잖아요. 그 방법은 쉬워요. 남편, 아내 자식을 있는 그대로 인정해주세요. 있는 그대로의 내 가족을 사랑하라는 거예요. '바뀌면 내가 사랑해줄게.' 이게 아니고, 바뀌지 않은 지금 이대로를 사랑하라는 거예요.

왜 그래야 하나요? 내 업이 투영된 존재이기 때문에 그래요. 남편과 아내는 자기 업이 투영된 존재입니다.

'나는 불교를 믿으면서 성격이 좋아졌는데, 남편은 아직 안 바뀌었어요.' 내가 아직 안 바뀌었다는 뜻입니다.

'스님, 저는요, 원래 업장이 두터워서 지금 아무리 씨앗 좋게 뿌려도 의미가 없어요.'

진짜 바보 같은 소리예요. 여러분이 과거 업장을 어떻게 알아요? 과거 업장도 환상이고 허상이에요.

과거 업장이 수미산을 넘는 업장이어도 지금 밝으면 업장이 밝은 거예요. '천년 동안 어둠에 갇혀 있던 동굴도 불을 확 켜면 바로 밝아진다.' 이런 말이 있습니다. '나는 원래 업이 두터웠어.' 이런 생각도 하지 마세요. 어떻게 업을 지으면 되느냐? 과거에 아무리 수미산을 넘는 업이 있어도 지금 마음을 밝히면 그 업장은 일시에 소멸합니다.

'스님, 제가 지금은 법문 듣고 좀 좋아져가지고 월요

일 화요일까지는 조금 착해지는데, 수목금토 되면 다시
원래대로 돌아가요.'

그런 생각도 할 필요 없어요. 그건 그때 얘기고, 지금
좋아지면 된 거예요. 다음번에 가서 다시 안 좋아지더라
도 지금 당장 복을 하나 지어야 합니다. 그냥 하고 싶을
때 먼저 한 번 복을 지어버리는 거예요.

처음 한 번은 어려워요. 그런데 한 번 하고 나면 그다
음 두 번째는 조금 더 쉬워요. 그다음 세 번째는 좀 더
쉬워요. 네 번째는 훨씬 더 쉬운 것, 그게 업습이에요. 업
이라는 건 습이 되어서 한 번 두 번 세 번 반복만 하면
그다음에는 선업 짓는 것이 훨씬 쉬워지죠. 이렇게 해서
마음공부의 토대를 닦아가는 거예요.

집착의 끈을 놓아라

 어느 날인가 제가 어릴적부터 친했던 친구들을 봤어요. 근데 진짜 멋있는 친구는 돈이 많아 사고 싶은 걸 다 살 수 있고, 갖고 싶은 걸 다 가질 수 있고, 능력 있어서 성적도 원하는 대로 얻을 수 있고, 좋은 대학 갈 수 있고, 취직할 수 있고, 사람들한테 칭찬받을 수 있고, 이런 친구가 아니더라고요.

 '저 사람은 도대체 뭐지? 난 진짜 저 사람 닮고 싶다' 하는 친구가 어느 날 문득 나타났는데, 이 친구는 늘 잘하는 사람이 아니에요. 잘하든 못하든 크게 상관하지 않아요. 휘둘리지 않는 거죠. 돈이 있어도 없어도 휘둘리지 않고, 실연도 금방 이겨내고, 늘 승승장구하는 게 아니고, 성공했을 때도 크게 과한 자랑하지 않고, 실패했어도 거기에 크게 상처받지 않고, 정말 든든한 친구라는 느낌이 들어요. '이 친구는 무너질 수 없겠구나.'

사람이 뭔가 추구하는 그걸 얻으면 행복한데 잃으면 무너지거든요. 그런데 추구하는 게 없고 원하는 게 없으면 무너질 수가 없어요.

그래서 어디에도 치우치지 않고, 내가 반드시 가져야 된다는 건 없어요. 그게 중도예요. 취할 것도 없고 버릴 것도 없어요. 그럼 어떻게 될까요? 이 중도를 실천하게 되면 저절로 있는 그대로를 허용하게 돼요. 삶을 그냥 내버려둬요. 내가 삶을 통제할 수 있다, 바꿀 수 있다, 내 뜻대로 부자가 될 수 있다, 이런 허망한 망상을 믿지 않아요.

동시에 그게 불가능하다고 믿지도 않으니까 뭐든지 최선을 다해요. 돈도 벌고, 성실히 일하고, 노력해요. 그러나 그 결과가 나에게 달린 일이 아니라는 걸 알기 때문에 집착하지 않아요.

머무는 바 없이 마음을 내는 것입니다. 이렇게 중도를 실천하는 사람은 열심히 갈고닦는 수행을 하는 게 아니라 그냥 저절로 중도인 거예요. 저절로 중도니까 어떻게 돼요? 삶을 있는 그대로 허용하게 돼요. 저절로 삶을 받아들이게 돼요. 삶을 내 뜻대로 통제하려고 하지 않으면서도 마음은 내요. 최선을 다해 노력하고 할 건 다 해요. 그러나 그 결과에 집착하지 않아요. 안된다고 두려워하지도, 좌절하지도, 절망하지도 않아요. 어떤 일이 벌어지든 상관없어요. 다 받아들일 준비가 돼 있기 때문입니다.

진짜 자신을 확인하는 일

우리가 지금 하는 공부는 진짜 내가 누구인지를 확인하는 공부예요. 진짜 내가 누구인지를 확인하면 '내 자식이 바로 나였구나. 우리 부모님이 바로 나였구나. 남편이 바로 나였구나. 온 우주 삼라만상 전체가 나였구나.' 하고 깨달아요. 그래서 자기를 깨닫는 일이 진짜 자식을 사랑하는 일이 돼요.

"스님, 저는 아무리 불교가 대단해도 불교보다 내 자식이 중요해요."

현실에서는 그렇습니다. 그런데 그 자식 중요해서 뭐

할 건데요? 우리가 뭐 해줄 수 있어요? 돈 대줄 수 있죠. 사랑해줄 수 있죠. 품 안에 안고 '사랑해, 사랑해.' 말할 수 있죠. 무엇이든 다 해줄 수 있죠. 그게 그 아이를 진짜 사랑하는 걸까요?

내가 '사랑해, 사랑해.' 하는데 자식은 '엄마 그러지 좀 마. 나도 나이가 있는데 그만 좀 해. 나 좀 오라고 하지 마. 나 바빠. 안 오고 싶어.' 할 수 있습니다. 자꾸 오라고 하면 엄마를 싫어할 수도 있단 말이에요.

돈을 아이에게 줬는데 그 돈이 오히려 아이를 망칠 수도 있습니다. 오냐오냐 키웠던 것 때문에 그 아이를 오히려 힘들게 만들 수도 있어요.

그리고 지혜롭게 정말 잘 키웠다 할지라도 이 아이가 생사해탈生死解脫하지 못하면 이번 생에서는 안녕이에요. 더 이상 못 만난단 말이에요. 유효기간이 몇십 년도 되지 않습니다.

현실에서는 자식 뒷바라지할 수 있는 시간 동안 다 해주세요. 그렇다고 해서 맨날 그것만 하고 있습니까?

자식 옆에만 따라다니면 자식이 싫어해요. 자식 뒷바라지 해줄 수 있을 때 해주고 돈 열심히 벌고 우리에게 남는 시간이 얼마나 많아요. 남는 시간에 공부해도 충분합니다.

만약 너무 바빠서 마음 편하게 공부할 수 있는 시간이 하루에 1시간도 안 된다고 치면 그 1시간이 공부가 더 잘 돼요.

'나는 2박 3일 휴가 내서 공부할 거예요.' 2박 3일 휴가 내서 콘도를 잡아놓고 공부해보세요. 어떨까요?

아침부터 법문 듣기가 싫어져요. 이제 계속 들을 수 있으니 한두 시간 집중하다 보면 무료해져요. 재미가 없어서 법문 안 듣게 됩니다. 계속 공부할 수 있는 환경에서는 오히려 공부를 안 하게 돼요. 오히려 공부하기 어려운 사람이 짬 내서 할 때 얼마나 더 간절해지고, 얼마나 재미있고, 얼마나 집중이 잘되는데요.

어떤 분은 어쩔 수 없이 먼 직장에 다니게 돼서 출근 2시간 퇴근 2시간입니다. 그게 내내 스트레스입니다. 매일 러시아워 시간에 4시간씩 버려가며 힘들게 출퇴근하면서 사는 게 스트레스였다는 거예요.

그런데 법문을 알고 나서는 출근 2시간 퇴근 2시간, 하루 4시간 법문을 들을 수 있는 게 인생 최고의 복이 됐다고 합니다. 이사를 굳이 해야 되나, 이런 생각이 들 정도로, 돈 벌어서 서울로 이사하기 전까지 깨달아야 되겠다, 이사하고 나면 공부할 시간이 줄어들 것이라는 말을 합니다.

공부가 필요하다고 여기는 내 마음의 간절함이 중요한 거지, 시간 많다고 공부되는 것이 아니에요. 선방에 있다고 공부되는 것이 아니에요.

그럼 스님들이 더 빨리 깨달아야 하지 않을까요? 스님들은 공부에만 최적화된 조건이 갖춰져 있으니까요. 그런데 여러분들은 스님들같이 최적화된 환경에 있지 않음에도 불구하고 훨씬 더 빨리 받아들입니다.

부처님이 제도濟度해주는 것이 아니에요. 스님이 제도해주는 것이 아니에요. 자기가 준비가 안 돼 있으면 안 되는 것이고, 자기가 준비돼 있으면 되는 것입니다.

어떤 분은 제게 찾아오셔서 이렇게 말합니다.

"스님, 제게 두세 시간 정도만 제발 할애해주세요."

"왜 그러시는데요? 여기서 편하게 얘기하세요."

"어디 조용한 데서 둘이 앉아 저를 한번에 깨닫게 해
주세요."

그게 될 것 같으면 제가 왜 여러분께 법회하겠어요?
한 명 한 명 붙들어놓고 얘기하겠지요. 그렇게 해서 되
는 게 아니에요.

의외로 외국에 계시는 많은 한국분들 중에 저의 법문
을 듣다가 몇 달 만에 자기 본성을 확인했다는 분들이
매우 많아요.

지난 몇 해 감염병 사태가 끝나고 나서 외국에서 한
번씩 찾아오시는 분들이 은근히 많았어요. 공부가 너무
간절하니까 일단 한국에 직접 가서 법문 한번 들어보겠
다고 찾아오는 분들이 계셨습니다.

그 정도의 열정으로 그 정도의 발심이면 공부가 훨씬
빨리 될 수 있죠.

왜 그럴까요? 준비가 되어 있기 때문에 되는 거예요.
법문은 늘 똑같아요. 같은 법문을 듣고 어떤 사람은 깨

닫고 어떤 사람은 못 깨닫습니다.

자기가 준비가 돼 있어야 하기 때문입니다.

자기 스스로를 제도濟度하는 것, 중생이 중생을 제도하는 거예요. 자기가 자기를 제도하는 것이지, 다른 사람이 나를 대신 제도해주는 것이 아닙니다.

스스로 닦을 뿐이지 부처님의 힘에만 기대려 하지 마십시오.

이 부처님은 그냥 형상의 부처예요. 진짜 부처는 자기 마음이 부처입니다.

그래서 자신에게 의지해서 나 자신을 깨닫는 거예요.

바깥을 향해 구해서는 안 됩니다. 바깥을 향해 구하면 오히려 공부에 방해가 돼요. 결국에는 자기 스스로 자기를 깨닫게 만드는 것이 공부입니다.

3

**여덟 가지
생활수행,
팔정도**八正道

낫을 들고 친구와 풀을 베다가 피가 확 튀어서
서로를 바라봅니다.

피가 철철 나는데도 친구는 자신의 팔을
보기 전까지 아픔을 모릅니다.

괴로움은 마음이 거기에 갈 때 느끼는 것입니다.
괴로움이 없는 것이 해탈이고 열반입니다.

견해 갖추기 – 정견正見

팔정도八正道는 여덟 가지 바른 견해, 바른 길입니다. 팔정도를 경전에서는 이렇게 말합니다.

중아함경中阿含經에서는 고苦를 소멸하기 위해서 또 무명을 끊기 위해서 실천해야 하는 것이며, 잡아함경雜阿含經에서는 애욕을 끊기 위해, 삼독을 끊기 위해 실천해야 하는 것, 증일아함경增一阿含經에서는 생사의 어려움을 건너기 위해 실천해야 하는 것으로 봅니다.

팔정도에서는 여덟 가지 바른 길이 있습니다. 바르게

본다, 바르게 사유한다, 바르게 말하고, 생각하고, 행동한다, 바른 직업을 갖는다. 이런 식의 이야기인데, 바르다는 게 뭘까요? 바르다는 것은 중도의 '중' 자와 같습니다. 중도적으로 보고, 중도적으로 말하고, 생각하고, 행동하는 것. 그것이 팔정도입니다.

첫 번째 정견正見은 바르게 보는 바른 견해입니다.

정견이 팔정도의 핵심입니다. 정견은 어찌 보면 중도의 핵심이기도 하고, 팔정도를 포괄하는 개념이죠. 쉽게 말하면 이 공부는 바르게만 보면 완성되는 공부예요.

그럼 어떻게 보는 것이 바른 것이고 어떻게 보는 것이 바르지 않은 것인가요? 분별로 보면 바르지 않게 보는 것이고, 무분별로 보면 바르게 보는 거죠. 그래서 무분별지無分別智라는 표현도 씁니다. 이를 분별하되 분별하지 않는 지혜, 부처의 지혜인 반야지혜라고도 부릅니다.

분별하지만 않고 보면 이 세상에는 아무 일이 없습니다. 삶은 이대로 완전하고 그냥 부처가 부처로서 사는 것이죠. 그런데 우리는 분별해서 보기 때문에 지금까지 중생으로서 허망한 삶을 되풀이해서 살았을 뿐입니다.

분별하지만 않고 보면 됩니다. 다르게 말하면, 있는 그대로 보라는 거죠. 그런데 우리는 있는 그대로를 자기식대로 왜곡해서 보고 해석해서 보고 판단해서 봅니다. 그런데 정견은 아주 간단히, 그냥 있는 그대로 보라는 거예요. 이 말은 무위법無爲法이죠. 있는 그대로를 있는 그대로 보는 것은 전혀 애쓰고 노력할 필요가 없는 일입니다. 공부를 잘한다고 더 잘하는 것도 아니고, 공부를 못한다고 못하는 것도 아니죠. 노력하거나 애써서 하는 게 아닙니다.

그래서 분별하지만 않고 바라보면 이 세상에는 아무 문제가 없다는 말입니다.

사실은 우리에게 괴로움이 생기는 이유는 분별해서 보기 때문입니다. 분별할 때만 괴로움이 생겨요. 분별하지 않을 때는 괴로움이 없습니다.

여러분에게 오늘 갑자기 괴로운 일이 생겼습니다. 너무 스트레스 받는 일이 생겼습니다. 그래서 아침부터 저

녁까지 계속 스트레스를 엄청 받고 있었어요. 그래서 정신적으로도 힘들고 몸도 힘들고 피곤하고 집에 와서 곯아떨어졌습니다. 곯아떨어졌을 때 괴로움이 있나요? 곯아떨어졌을 때는 괴로움이 없어졌어요.

그 괴로움이 진짜 나에게 온 괴로움이라면, 그 자체로 나를 괴롭히는 괴로움이라면 내가 잠을 자든 깨어 있든 계속 괴로워야 됩니다. 그런데 그 괴로움은 실체가 아니라 내가 생각했을 때만 괴로워요. 깊은 잠에 떨어졌을 때는 그 괴로움을 생각하지 않아요.

실제 병원에서도 정신적으로 너무 충격을 받았거나 감당하기 힘든 어려운 일이 생겼을 때 그냥 잠 푹 자게 영양제를 주입해서 한참을 재워버리기도 합니다. 왜냐하면 감당하기 힘든 괴로움이 있을 땐 그냥 잠이 차라리 낫기 때문이죠. 일부분은 맞는 말이에요. 그냥 분별하지 않도록 하는 거죠.

그리고 힘든 일에 처했을 때 주체할 수 없을 정도로 괴로워지잖아요? 그러면 자정작용처럼 갑자기 일시적으로 정신에 마비를 가져오거나, 기억상실을 가져오거나, 특정한 부분이 갑자기 생각나지 않게 되거나, 분별을 잠깐 멈추게 하는 겁니다.

옛날에 저희 할아버지 돌아가셨을 때 아버지가 계속 우시길래 너무 가슴이 아팠어요. 아버지가 그렇게 우시는 모습을 처음 봐서 너무 가슴이 아팠는데, 아버지 친구들이 문상을 오니까 술 한잔 마시면서 막 웃고 재밌게 얘기를 하시는 거예요. 그러고 나서 또 좀 있다가 또 다른 사람 오면 또 우십니다.

그럼 이건 뭘까? '아버지는 정말 슬프신 걸까, 아니면 슬프지 않으신 걸까?' 혼란스러웠던 기억이 있는데, 그게 당연한 것이죠. 예를 들어 스님들이 염불할 때, 특히나 한글로 염불해주면서 영가전에 구구절절 들고 또 우세요. 그 슬픔이 진짜라면 계속 괴로워야 할 텐데 그러다가도 잠깐 친구랑 재밌는 얘기를 할 때면 또 웃습니다. 웃는 그 순간에는 그 괴로움이 없는 거죠.

즉, 우리가 마음을 분별할 때만 괴로움이 생겨납니다. 분별이 괴로움을 만든 것일 뿐 괴로움이라는 실체는 없다는 얘기예요.

여기에 반박한다면 이런 얘기를 할 수 있을 겁니다. 손을 자르는 것은 절대적인 괴로움이라 내 마음이 가든 안 가든 무조건 괴롭다고 생각할 수 있죠. 진실일까요? 손이 잘려도 안 아플 수 있을까요, 없을까요? 안 아플 수도 있습니다.

전쟁에 나갔던 사람들 중에, 폭탄을 맞아서 다리가 하나가 날아갔는데도 불구하고 모르고 있다가 순간 정신 차리고 보니까 다리가 없어졌다는 것을 깨달은 적이 있다고 이야기하는 경우가 왕왕 있습니다.

제가 예전에 격투기를 한 적이 있었습니다. 시합할 때 엄청 맞아서 아파야 하는데 전혀 안 아파요. 시합 끝나고 나서 그때 가서 좀 아픈 걸 느끼지, 하는 동안은 아픈 줄 모릅니다.

또 어릴 때 유치원 다닐 때 생생한 기억이 있습니다. 아버지가 풀 좀 베라고 하셔서 친구랑 둘이서 낫을 가지고 팍팍 베었습니다. 풀이 높이 자라서 밑동을 쫙 베니까 풀이 확 쓰러지는 게 너무 재밌었어요. 그래서 친구랑 이쪽저쪽 나눠서 신나게 베었어요. 한참 베다가 피가 튀길래 멈춰 섰어요. 피가 너무 크게 확 튀길래 이게 뭐지 싶어서 친구를 이렇게 바라봤는데 그 친구도 순간 멈춰 서서 저를 바라보더라고요. 나는 안 아픈데 피가 어디에서 튄 거지? 저는 그 친구를 바라봤고, 그 친구는 저를 바라봤어요.

그렇게 멍하니 둘이 바라보고 있다가 제가 조금 있다가 "야, 너 팔!" 했어요. 이 친구 팔이 상처 나서 푹 찢어진 거예요. 제가 휘둘렀던 낫에 찢어진 거죠. 다행히 깊이 베진 않았는데 겉살이 찢어졌어요.

자기 팔에서 피가 철철 나고 있는데 이 친구는 당연히 저한테서 나온 피라고 생각하고 저를 보다가, 제가 "너 팔!" 이랬더니 자기 팔을 보고 갑자기 얼굴이 사색이 되는 거예요. 이렇게 피가 많이 난 게 처음이었는지 너무 충격을 받고 그때부터 아프다고 난리가 난 거죠.

이게 상처가 났다고 무조건적으로 아프다면 그러지 않았겠죠. 사실 우리가 아프다는 것, 괴롭다는 것은 마음이 거기에 갈 때 느끼는 겁니다.

즉, 이 분별심이 움직일 때만 괴롭고, 분별심이라는

건 실체가 아니라는 얘기입니다. 진실이 아닙니다. 그래서 분별심을 따라갈 이유가 없어요. 내가 필요에 의해서, 집착 없이 분별심을 갖다 쓰는 건 좋은데, 전도몽상顚倒夢想 즉, 생각이 뒤집혀서 분별심이 주인이라고 생각하는 게 문제입니다. 분별심이 주인이고 진짜라고 여기는 거죠. 괴로워하는 건 분별이 괴로워하는 겁니다. 그런데 그걸 내가 괴롭다고 착각하는 거예요. 왔다 가는 허망한 분별심이 괴로운 것은 나랑 상관없는 일이에요. 분별이 괴로운 것이지 내가 괴로운 게 아닙니다. 분별을 일으키는 주체는 내가 아닙니다.

그런데 분별이 진짜라고 생각해서 주인 자리를 내주고, 그걸 보고 내가 해석한 것이 맞다고 느끼고, 내가 돈이 없어진 걸 보고 '나는 가난해졌어.'라고 생각하니까 괴로워지는 것이죠.

분별이 허망하다는 얘기를 하면, 특히 불자가 아닌 일반인들에게 여러분의 분별이 옳지 않다는 얘기를 하면 비난할 수도 있습니다. 왜냐하면 우리는 완벽하게 전도몽상되어 있어서, 거꾸로 뒤집혀져 있어서, 뒤집히지 않은 정상적인 얘기를 하면 '저놈 미친놈이다.' 그렇게 바라봅니다.

불교 공부를 하면서 '도저히 내 머리가 따라가지 못한다.'는 그런 이야기를 많이 해요. 그럴 때 이해가 안 되면 '아, 내 분별심이 도저히 저걸 따라가지 못하는구나. 언젠가는 내가 깨달음을 알 수 있겠지. 지금 모를 뿐.' 이렇게 생각하는 게 좋아요.

모른다고 해서 머리로 알려고 기를 써봐야 그건 자기 머리가 해석한 거니까 그리 큰 도움도 안 돼요. 내가 옳다는 생각을 의심해봐야 합니다. 왜? 그건 전부 분별심이니까. 내가 지금까지 살아오면서 '이게 옳아, 이렇게 사는 게 옳아.'라고 생각했던 그 모든 생활 방식, 삶의 방식, 옳다 그르다는 생각들, 그 모든 것을 의심해봐야 합니다. 그게 진짜 옳을까? 다 틀렸을 수 있습니다.

내가 옳다고 고집한다면 그건 틀린 것일 확률이 높습니다. 정말 다 틀렸을 수 있어요. 그런데 우리는 그게 옳다고 생각하고 집착하기 때문에 정견으로 보지 못해요. 있는 그대로 본다는 건 생각을 개입하지 않고 그냥 본다는 것입니다.

예를 들어 불교계 안에서는 윤회에 대한 견해가 저마다의 불자들, 교수님들, 심지어는 큰스님들마다 다 달라요. 윤회에 대한 견해가 모두 다릅니다.

어떤 사람은 윤회는 분명히 있다고 하면서 윤회가 없다는 의견에 대해 공격합니다. 아주 심하게 공격합니다. '저 불교의 기본도 모르는 사람.'이라면서 욕을 합니다.

윤회가 있다 없다, 두 편으로 나뉘어서 이 싸움이 너무 심한 지경에 이르기도 합니다.

여러분, 윤회는 있습니까 없습니까?

있다는 데 취해도 안 되고요, 없다는 데 취해도 안 됩니다.

진실의 입장에서 보면 지금 이 순간밖에 없고 어제도 내일도 없다고 합니다. 어제도 분별인데 전생은 당연히 분별이죠. 분별의 세계에서는 있지만 무분별의 세계에서는 그런 개념을 얘기할 수 없습니다.

연세 드신 분들은 '내가 죽으면 내 남편 혼자서 어떻게 사나? 내 자식 나 없이 혼자서 어떻게 사나?' 이런 걱정할 필요 없습니다. 내가 죽고 나면 세상도 같이 사라지지 내가 죽고 나서 세상은 계속 유지되지 않습니다. 마치 꿈 같은 겁니다.

현실이 어떤 곳인지를 꿈이 매일 밤 알려주고 있어요. 우리에게 힌트를 주고 있습니다.

무수히 많은 꿈의 세계가 있는데, 내가 잘 때 그중에 어떤 꿈으로 딱 갔다가 꿈 깨면 거기서 나오는 건가요? 그래서 그 꿈은 계속 유지가 되나요? 그 꿈속에 있던 수많은 사람이 지금도 계속 거기에 살고 있을까요? 그래서 꿈을 깼는데도 불구하고 꿈속에 다시 뛰어들어 가서, 그 꿈속에서 만났던 사람들을 다 찾아가서 꿈을 깨게 해줘야 될까요?

그럴 필요 없습니다.

내 의식 하나가 모든 꿈을 만들어냈기 때문입니다. 꿈속에 있는 모든 이야기, 모든 등장인물, 꿈속에서 만나는 모든 건물, 집, 우주, 하늘, 별, 구름, 삼라만상을 내 의식 하나가 만들었죠. 그러다 꿈에서 깨는 순간에 꿈 전체가 사라졌죠. 꿈 전체가 사라졌습니다.

꿈은 본래 실체가 아니었기 때문입니다. 현실이 그것과 똑같습니다.

현실은 실제 있는 게 아니고, 내가 '있다.'라고 분별한 세계이기 때문에 본래는 불생불멸不生不滅입니다. 무생법인無生法忍입니다. 생겨도 생겨난 바가 없어요. 그런데 우리는 그렇게 보지 못하죠. 분별의 세계가 맞다고 생각하며 지금까지 살았기 때문입니다.

그래서 우리는 이해되지 않는 이야기들을 들을 때 '분별 너머에 내가 아직까지 이해하지 못하는 것들이 있구나.' 생각해야 돼요. 그리고 내 생각, 내가 옳다고 여기는 교리, 믿음에 물음표와 질문을 던질 수 있어야 합니다.

내가 지금까지 알고 있다고 여기는 모든 것, 그 '안다.'는 것이 진짜 옳은 것일까, 진짜 아는 것일까?

그건 알 수 없습니다.

내가 내 견해를 쥐고 있으면, 내 견해라는 필터, 색안경을 통해서 세상을 보면 정견할 수 없습니다. 부정적인 사람은 세상을 부정적으로 바라보고 긍정적인 사람은 세상을 긍정적으로 바라봅니다. 있는 그대로를 있는 그대로 볼 수 있는 정견의 공부가 우리는 돼 있지 않은 것이죠. 이제까지 분별의 눈으로만 보아왔기 때문입니다.

지금 마신 차 한잔조차 무슨 맛인지 여러분에게 완전히는 설명해줄 수 없어요. 사과를 한입 먹은 것도, 논문 천 장을 써도 설명할 수 없어요. 제가 천 장짜리 논문 써서 여러분에게 줘서 그 공부 다 하면 사과 맛을 알 수 있겠어요? 한 번도 사과를 먹어보지 않았다면 알 수 없어요.

영화의 스크린은 울고 웃는 전쟁 영화, 피 흘리는 영화, 불타는 영화, 지옥의 영화, 모든 영화가 다 나타나도 변화가 없어요. 스크린은 그냥 투명하게 언제나 그렇게 늘 비추고만 있어요. 텅 빈 배경이고 어디에도 물들지 않죠. 선한 주인공이 나왔다고 선하게 물들지 않죠, 나쁜 주인공이 나왔다고 해서 스크린이 찡그리지 않습니다. 세상이 불에 탔다고 해서 스크린이 타는 것도 아니고요.

이 스크린은 늘 텅 비어서 아무 일이 없습니다. 이 세상도 그래요. 본바탕에는 아무것도 없습니다. 그야말로 인연 따라 생하고 멸합니다. 그렇게 생하고 멸하면 그냥 끝나는 것이에요.

쉽게 말해서 해탈, 열반, 자성, 불성이 따로 있는 게 아니고, 괴로움이 사라지면 아무 일이 없어요. 우리는 분별심을 가지고 무수히 많은 일을 만들어내잖아요. 사실 이 세상엔 아무 일이 없습니다.

내가 머릿속으로 만들어낸 생각이잖아요. 그래서 그 생각만 내려놓으면 아무 일이 없어요. 그게 해탈이고 열반입니다. 괴로움이 없는 것입니다.

그래서 있는 그대로를 있는 그대로 보는 것이 바로 정견입니다.

생각하기, 말하기 – 정사유正思惟와 정어正語

두 번째 정사유正思惟는 바른 생각, 바른 뜻의 의미입니다.

바르게 생각하는 거예요. 어떤 것이 바르게 생각하는 것일까요?

비실체성. '내가 일으키는 모든 생각들은 진짜가 아니야. 실체가 아니야.'라는 자각. 그게 정사유입니다. 사유하되 내가 사유한 모든 것은 내가 쥘 수 없다는 것, 집착할 바가 없다는 거죠.

생각은 마음대로 쓸 수 있습니다. 생각이 필요할 때

생각을 써요. 그런데 그 생각에 과도하게 머물러 집착하지 않습니다. 그래서 바른 사유는 생각이 없는 게 아닙니다. 정사유하기 위해서 생각을 끊으려고 애쓸 필요가 없습니다. 생각의 실체가 뭔지만 알면 될 뿐, 생각을 끊을 필요는 없어요. 끊으면 못 살아요. 바보가 됩니다. 생각은 그냥 써먹으면 돼요. 생각은 써먹되 그 생각에 과하게 취하지만 않으면 되죠. 집착하지만 않으면 됩니다. 그게 정사유입니다.

그렇게 되면 당연히 어떤 생각을 해도 거기에 과도하게 집착하지 않을 것이고, 너와 내가 둘이라는, 서로 따로 떨어졌다는 그런 분별의 생각을 하지 않겠죠. 그리고 비교하는 생각, 너보다 내가 잘났다 못났다 하는 것 때문에 괴로워하는 생각, 그런 생각을 실체화시키지 않겠죠.

나는 그냥 나답게, 그냥 있는 이대로로서 분별하지 않습니다. 그랬을 때 생각의 주인이 될 수 있습니다. 필요한 생각을 다 하면서도 그 생각에 휘둘려서 노예가 되지 않을 수 있습니다.

생각은 전혀 적이 아닙니다. 버려야 될 것도 아니고,

우리가 그냥 마음껏 자유자재로 써먹으면 돼요. 그러나 그 생각이 100% 옳다고 여기거나 거기에 취해서 집착하지만 않으면 되는 것이죠. 그게 바로 머무는 바 없이 마음을 내는 거죠. 마음은 다 내되 그 생각에 집착하지 않는 것, 그것을 정사유라고 합니다.

정어正語는 바른 말입니다. 내가 누군가에게 기분 나쁜 말을 해야 될 때도 그 생각이 진짜라고 여기지 않으니까 아주 고집스러운 말, '반드시 이렇게 해야 해, 반드시 저렇게 해야 해.' 양단을 딱 끊는 분별하는 말, 그런 말을 하지 않겠죠. 상대방을 위해서 하는 말, 자비가 부각된 말을 하게 되죠, 왜냐하면 지혜가 곧 자비이거든요. 자비로운 말, 애어愛語라는 따뜻한 말, 사랑스러운 말이 나옵니다.

실체화시키는 말을 하지 않으니까 상대를 혼을 내도 내가 부들부들 떨면서, 스트레스 받아가면서 상대방에게 화를 내지 않게 됩니다. 이 화 자체에 내가 휘둘리지 않고 있는 것이죠.

연기법緣起法은 곧 지혜이고, 지혜가 곧 공성空性이고, 그것이 곧 무아無我이고, 그것이 곧 동체대비심同體大悲心입니다.

'너와 내가 둘이 아니고 하나로 연결돼 있다.' 그리고 '네가 바로 나구나.'라는 사실을 아니까 미워하고 해치고 화를 내고 당연히 이런 말을 하지 않겠죠. 그러니 자비로운 말이 나가고 자신의 말 자체도 과도하게 실체화시키지 않습니다.

구체적으로 말하면 망어妄語, 양설兩舌, 악구惡口, 기어綺語하지 않는 거죠. 진실되지 못한 말을 하지 않고, 망어를 하지 않습니다. 여기에서 이 말, 저기에서 저 말하는, 화합을 깨뜨리는 말을 하지 않는 거죠.

너와 내가 둘이 아니라는 자각이 있게 되면 상대방에게 미운 말을 하지 않게 되겠죠. 그리고 적과 아군처럼 나눠놓고 생각하는 말을 하지 않게 되겠죠.

바른 자각이 생기고 자비심이 바탕이 되면 당연히 그런 자비로운 말이 나올 수밖에 없습니다. 특히 고집스러운, 고집이 잔뜩 들어있는 말투, '이렇게 해야 하는데 너는 왜 안 하느냐? 이게 맞는데 왜 넌 그런 말을 하느냐? 그렇게 행동하느냐?' 자기가 옳다는 강력한 신념하에 내뱉는 말, 고집불통의 말, 그런 말을 쓰지 않게 되죠.

그리고 상대방을 얕보는 말과 상대방에게 아첨하는 말을 하지 않게 돼요.

너와 내가 둘이 아니니까 잘나서 잘 보이려는 말, 못하다고 무시하는 말, 그런 말을 하지 않게 되죠.

그래서 '맞다, 틀리다.'는 극단적인 사고방식과 언어 습관들이 나오지 않게 되어 판단하는 말, 분별하는 말을 덜 하게 됩니다.

행동하기 – 정업正業

정업正業은 신업身業입니다. 바른 행위를 하는 것입니다.

바른 사유가 있고, 바른 관점이 서 있고, 바른 사유와 말을 하게 되면 당연히 행동도 뒤따르는 것이죠. 다시 말해 정견이, 지혜의 견해가 서 있게 되면 바른 말, 바른 생각, 바른 행동이 나온다는 것이죠.

그러면 극단적인 행동을 하지 않겠죠. 예를 들어 좋아하는 사람에게 과도하게 집착해서 스토킹하는 사람도 있잖아요. 바른 견해가 서 있으면 집착하지 않고, 스토킹까지 가지 않는 거죠. '그냥 좋아한다고 얘기했는데 싫어하면 어쩔 수 없구나.' 그 사람에게 부담주는 일은 하지 않겠죠.

연기緣起적인 자각이 있으니까 인연 따라 몸과 마음이 생겨난다는 것은 아니까. 예를 들어, 연기적인 자각이 있다면 내가 몸을 함부로 쓰거나, 운동을 안 하면 몸이 나빠진다는 인과적인 지혜가 있겠죠. 안 좋은 음식을 많이 먹으면 몸이 상한다는 인과적인 지혜도 있겠죠.

그러면 될 수 있으면 몸에 좋은 것들을 먹고, 운동도 꾸준히 하는 등 몸의 활동도 저절로 뒤따르겠죠. 그러면서 몸으로 하는 행동 하나하나가 여법如法해집니다.

경전에서는 정업이란 '살생과 도둑질과 사음邪淫을 떠난 것이고, 신업으로 최악의 행위를 하지 않는다.'라고 합니다. 몸으로 하는 악업 가운데 가장 심한 세 가지 악업이 살생, 도둑질, 삿된 음행이죠. 정업을 하면 이런 행위를 당연히 하지 않게 됩니다.

살생하고 도둑질하고, 내가 남의 것을 훔쳐서 부자가 되려고 하는 것은 너와 나를 둘로 나눴을 때 얘기입니다. 그런데 있는 그대로 보게 되면, 남의 것을 가져온다고 내 것이 된다는 그런 허망한 생각을 하지 않게 됩니다. 그래서 삿된 살생과 도둑질, 사음邪淫을 하지 않게 되는 거죠.

몸에 대한 과도한 집착, '이 몸이 나다.'라는 이런 허망한 착각에 사로잡히지 않는 것이 정업이에요. 몸은 내가 이 생을 살면서 잘 쓸 수 있는 하나의 도구예요. 마치 여관에 온 손님과도 같죠. 몸도, 마음도, 감정도 전부 잠깐 왔다 가는 손님이기 때문에 왔을 때 잘 모셔야죠. 잘 관리해야죠. 잘 관리하기 위해서 먹고 운동하는 것은 잘하겠지만, 과도하게 실체화시켜서 몸에 집착하는 행위는 하지 않죠. 몸매를 가꾸기 위해 온갖 노력을 하고, 외모를 뜯어고치려고 하고, 비싼 옷으로 나를 치장함으로써 남들에게 인정받으려는 허망한 행동을 하지 않게 되죠. 보여지는 것에 휘둘리지 않고 남들의 시선, 안목에 휘둘리지 않게 되겠죠.

너무 게으르지도 너무 혹사시키지도 않는, 중도가 잘되어 있는 그런 일들을 하게 될 겁니다. 그러면서도 몸을 실체화시키지 않으니까 해도 한 바가 없는 거예요. 따라서 '나는 오늘 일을 많이 했으니까 스트레스 받는다.' 이런 생각도 없어요.

'나는 오늘 일을 많이 해서 피곤해. 나는 오늘 밤에 늦게 잤기 때문에 내일 피곤할 거야.' 그건 자기 생각입니다. 생각을 그렇게 했기 때문에 어느 정도는 몸도 따라가겠지만, 그게 절대는 아닙니다.

지난밤 잠을 못 잤다고 그다음 날 반드시 피곤해서 일을 제대로 못한다? 그렇게 생각으로 규정지어버리면 실제 몸에 그런 일이 벌어집니다.

젊었을 때는 말합니다. '나는 2~3일 안 자도 끄떡없어.' 저도 학교 다니면서 시험공부할 때는 일주일에 세 시간 잔 적도 있는데, 계속 안 자도 그럭저럭 버틸 만하더라고요. 안 자는 것에 대한 스트레스가 없었어요. 안 자면 안 자는 거고 자면 자는 거고, 그렇게 지냈죠.

그런데 '나는 하루만 못 자도 그다음 날 완전히 망쳐.' 이런 생각이 있으면 거기에 지배받아요. 그럼 몸도 진짜 그렇게 따라가버려요. 분별심으로 내 몸을 규정해버리면 몸도 그 분별심에 따라가요. 피곤함을 많이 느끼는 사람은 점점 더 피곤함을 느끼게 됩니다.

분별하지 않게 되면 몸도 마음에 따라와요. 몸은 몸 자체의 법칙이 있어서 몸이 늙어가면 어쩔 수 없다고 우리는 생각하는데, 그렇지 않습니다. 법구경의 첫 번째 게송偈頌에서는 '마음이 주인이 되어서 모든 것을 부린다, 모든 것을 만든다.' 이렇게 얘기하거든요.

내 몸이라고 해서 뭐가 있는 게 아니고, 나무나 돌이나 이 몸이나 똑같은 거예요. 그런데 우리는 마음이라는 분별 의식을 가지고 몸을 지배하잖아요. 신기하게도 어떤 생각이 일어나면 갑자기 몸도 그대로 반응해버립니다.

어렸을 적 할머니가 손에 침을 놓을 때 거기에 트라우마가 있었어요. 어느 날 학교에서 피를 뽑아서 혈액형 검사를 했어요. 할머니가 찌를 때도 고통스러워 죽겠는데 내가 내 손을 찔러서 피를 내라니까 도저히 못하겠더라고요. 그런데 초등학교에서 남들 다 하는데 저만 안하면 창피하잖아요. '이거 어떻게 해야 하나.' 도저히 못하겠는 거예요.

그냥 큰맘 먹고 딱 찔렀어요. 피가 한 방울 나왔어요. 그 피를 보자마자 정신이 혼미해지더라고요. 순간 쓰러졌다 일어났어요.

이건 바로 생각입니다. 피 한방울 났다고 그럴 수가 없거든요. 말도 안 되는 얘기거든요. 그런데 시간이 지나고 나중에는 침 맞는 것에 대해 별생각이 없어졌어요. 침을 그냥 잘 맞고 살았어요. 한의원 가서 침도 많이 맞고 아무 문제없이 살았어요. 심지어 침을 맞으면 시원해서 제가 스스로 침도 놓고 살았어요.

그런데 어느 날 한의원에서 침을 맞다가 피를 잠깐 보고 보고 문득 옛날 기억이 잠깐 떠올랐는데, 그 생각이 떠오르자마자 갑자기 주춤했습니다. 그저 옛날 생각이 잠깐 일어났을 뿐인데, 그 생각이 곧장 몸에 영향을 미친 거죠. 제 의지와는 상관없이. 놀라운 경험이었습니다. 왜냐하면 생각이 올라오자마자 즉시 몸이 휘청거린다는 것은 말도 안 되는 일이잖아요. 그런 일이 실제로 벌어진다는 것을 알게 되었어요.

어떤 분은 진급에서 떨어지고 너무 충격을 받아 분노

해서 엄청난 스트레스를 받고 몸이 아파 병원에 갔어요. "어떻게 몸이 이 지경이 되도록 몸을 내버려뒀느냐?" 하면서 곧 쓰러지지 않은 게 다행이라고 병원에서 그러더래요.

그래서 그때부터 마음을 추슬러야겠다고 마음 먹고 절에 와서 기도도 하고, 운동도 하기 시작했는데 좀처럼 나아지지가 않는다는 거죠. 그렇게 지나다가 다음번 진급 발표 때 진급에 성공했어요. 그러니까 그 병이 다 나아버렸다는 거죠. 멀쩡해졌습니다.

진급이 안 됐을 때는 모든 병이 나에게 다 오는 것 같고 몸이 아파 죽겠더니, 진급이 되고 나니까 모든 병이 다 없어졌다. 이게 실제 가능한 얘깁니다.

내가 긍정적이고 밝은 생각을 가지면 의식이 같은 파장을 끌어당겨요. 그런데 한 가지에서 우울해지기 시작하면 다른 모든 것들도 우울하게 해석해요. 분별심이 하나의 필터처럼, 색안경처럼 있어서 세상을 다 그렇게 보게 되거든요.

우리는 일반화를 많이 하잖아요. 한 사람이 '나를 나

쁘게 보면 모든 사람이 다 나를 나쁘게 보지 않을까.'
'하나 안 좋은 일이 일어나면 다른 안 좋은 일이 일어나
지 않을까.' 이렇게 성급하게 일반화를 해버리면서 스스
로를 괴롭히는 일이 생기죠.

일하기, 노력하기, 알아차리기, 집중하기
—정명正命 정정진正精進 정념正念 정정正定

팔정도의 다섯 번째는 정명正命인데요. 이 생을 살아갈 때 어떤 일을 주로 많이 하고 사느냐, 어떤 행위를 많이 하고 사느냐가 그 사람의 업이 돼요. 직업이 되는 거죠.

생활 자체에 바름이 있어야 된다. 바른 지혜를 가지고 의식주를 버는 것이 중요하다는 얘기죠.

의식주를 벌어들이는 데 있어서 즉, 생활에 필수한 것들을 벌어들이는 데 있어서 삿된 마음과 행동으로, 삿된 직업과 직업정신으로 생활을 하고 있지는 않은가? 이런 것들을 견책하는 것입니다.

예를 들어 스님이라면 부적을 써주고, 사주, 관상, 궁합, 점을 봐주면 안 된다고 경전에 나와 있습니다.

그리고 경전에는 재가자들을 위한 정명으로 사기 치는 것, 남을 배신하는 것 등을 하지 말라고 나와 있어요. 무기를 사고파는 행위나, 술이나 고기나 독극물을 사고파는 행위도 마찬가지죠. 될 수 있으면 안 하는 게 좋다고 하는 얘기를 방편으로 잘 알아들어야 됩니다.

제초제 파는 회사를 경영하는 분도 계실 것이고, 고기 파는 분도 술 파는 분도 계실 것입니다. 그걸 무조건 하면 안 된다는 이야기가 아닙니다. 그 근본 정신을 알자는 이야기죠.

단지 직업을 통해서 이 세상을 조금 더 밝히고, 사람들을 돕고, 사람들이 과도하게 집착하여 취하지 않도록 이끄는 것이 중요하다는 것이죠.

그래서 될 수 있다면 업을 덜 짓는 직업, 복을 짓는 직업, 또 누군가를 기쁘고 행복하게 해주는 직업을 가진다면 훨씬 더 좋겠죠. 그리고 직업 생활을 통해서 나도 남도 함께 지혜로워질 수 있다면 더 좋고요.

식당을 경영해도, 불량한 재료를 써서 사람들에게 안 좋은 음식을 먹이면, 그래서 몸이 안 좋아지면 그들이 나와 둘이 아니고 연결돼 있으니 내 몸도 안 좋아지겠죠. '저 사람을 살리면 나도 살고, 저 사람을 죽게 만들면 나도 죽게 되겠구나.'의 이치입니다.

상생 경영, 융합 또는 통섭. 상관적인 이런 개념들이 기업 등에서도 많이 사용되는 이유가 뭘까요? 틱낫한 스님과 달라이라마 스님 등을 통해 불교의 연기법緣起法, 상의상관성이 전 세계에 정신적인 바탕으로 자리 잡았기 때문입니다. 최근 대기업들의 화두가 바로 상생경영입니다. 옛날에는 우리 회사만 잘되면 됐는데, 하청 업체를 괴롭혀서라도 우리 기업이 살면 된다고 생각했는데 이제는 하청 업체가 잘살아야만 대기업도 잘살 수 있다는 생각으로 바뀐 거죠. 그리고 하청 업체도 소비자에게 좋은 걸 제공해야만 나중에 '저 회사는 정말 믿을 만한 회사.'라는 소비자들의 인정으로 돌아와서 나중에 더 큰 수익이 난다는 걸 아는 거죠. 더 크게 연기성과 연결성을 보는 겁니다. 상의상관성을 보기 때문에 이제는 상대를 살리는 것이 내가 사는 길이라는 것을 기업들도 자각하는 거죠.

함께 살리고 서로 살리는 직업 정신, 이런 것들이 세계적으로 주요한 모토가 되고 있고 화두가 되고 있습니다. 불교에서 말하는 정명의 정신과 같죠.

다음은 정정진正精進인데요. 우리가 수행이라고 말하는 것의 바탕이 되는 것들입니다.

정정진은 부지런한 노력입니다. 바른 노력, 꾸준한 노력. 지금까지 얘기했던 중도적인 공부 역시 꾸준한 노력이 있어야만 가능한 것이죠. 중간에 그만두는 게 아니라 꾸준히 노력을 해야 된다.

어떤 노력을 하느냐?

사정근四正勤이라는 노력입니다. 이미 생긴 나쁜 법法은 서둘러 없애려고 노력해야 한다. 아직 생기지 않은 나쁜 법이 있으면 생기지 않게 노력해야 합니다. 아직 생기지 않은 선한 법이 있으면 서둘러 생기도록 노력해야 합니다. 이미 생겨난 선한 법은 물러나지 않고 그 선한 법에 머물러 있도록 노력해야 합니다.

나쁜 것은 안 하도록 하고, 좋은 것은 실천하도록 하는 것에 정진해야 한다는 것이죠. 탐진치貪瞋痴, 삼독심三毒心, 번뇌, 망상, 분별, 이런 것들이 생기지 않도록 해야 한다는 것입니다. 분별망상이 이런 것들의 가장 큰 원인이고요. 분별 망상이라는 나쁜 법에 끌려가지 않는 것, 비실체성을 자각하는 것이 정정진입니다.

정념正念은 바른 관찰, 바른 깨어 있음, 바른 알아차림이라고도 하는데 있는 그대로, 순간순간에 있는 그대로를 보는 겁니다.

분별심에 끌려가지 않도록 하고, 분별심에 여기저기 끌려가더라도 매 순간 끌려간다는 사실을 바로바로 알아차리는 것, 그것을 정념이라고 합니다.

그래서 사념처四念處를 지혜롭게 닦아가는 것을 정념이라고 할 수 있어요. 쉽게 말하면 매 순간 번뇌 망상에 휘둘려가는 것을 있는 그대로 관찰하는 것. 그런데 그것을 어떻게 관찰할까요? 사념처 수행에서 말하기를 몸을 있는 그대로 관찰한다. 이것이 신념처 수행입니다. 몸을 있는 그대로 보는 것. 눈, 코, 입, 어깨, 온몸 전체 하나하나를 있는 그대로 그냥 바라보고 관찰하는 것이죠. 좌선할 때는 몸이 결리는 것을 있는 그대로 관찰하고, 걸을 때는 팔을 휘두르며 걷는 모습을 있는 그대로 관찰하고, 앉아 있을 때는 앉아 있는 몸 그대로를 관찰합니다. 그러면 번뇌 망상에 잠깐 멈추고 있는 그대로 보는 연습이 되는 것이죠.

신념처에서는 특히나 호흡을 있는 그대로 관찰하는 것이 포함됩니다. 몸에서 호흡이 들어오고 나가잖아요. 눈을 감고 가만히 앉아 있으면 가장 크게 보이는 움직임이 호흡이 들어오고 나가는 움직임입니다. 또 일상생활에서 행주좌와行住坐臥 어묵동정語默動靜이라고 하는 모든 움직임을 있는 그대로 관찰하는 것, 몸동작을 관찰하는 것, 신체의 요소를 관찰하는 것입니다.

수념처는 느낌, 감정이 올라올 때 있는 그대로 관찰하는 거죠. 감정을 느낄 때 '이 감정이 나다.'라는 생각이

대번에 듭니다. 하지만 이것을 내 감정이라고 생각하지 않고 있는 그대로 본다는 것이죠.

심념처는 느낌을 제외한 마음 즉, 탐욕, 성냄, 어리석음, 침체된 마음, 생각, 의도, 의지들을 다 통틀어서 모든 것을 있는 그대로 관찰하고 '그 마음이 나다.'라는 동일시에서 벗어나 있는 그대로 보는 것이죠. 해석하지 않고 그냥 보게 됨으로써 이상에 젖어들지 않고 무아법을 증득하게 됩니다.

법념처는 앞서 이야기한 몸과 느낌과 마음을 있는 그대로 관찰하는 것을 통해서 깨닫게 되는 법을 말합니다. 있는 그대로 통찰함으로써 이것이 실체가 아니라는 것을 자각하는 거죠. 괴로움을 있는 그대로 봄으로써 이괴로움이 내 괴로움이 아니라는 것을 알고, 그것이 분별이 만들어낸 허상이라는 것을 자각하고, 그렇게 통찰함으로써 법을 깨닫게 되는 자각을 법념처라고 부릅니다.

마지막으로 정정正定은 바른 선정, 바른 마음 집중입니다. 번뇌 망상을 잠시 멈추고 마음을 고요히 해서 선정에 드는 것입니다. 고요히 앉아서 생각을 잠시 멈춰보자는 것이죠. 굳이 억지로 멈출 필요는 없겠지만 가끔씩 정정의 수행을 통해서 명상이 됐든 참선이 됐든 다라니를 외든 경전을 독송하든 잠시 동안만이라도 생각에 끌려가지 않겠다는 것입니다. 분별 망상에 휘둘리지 않고 그 고요함의 시간이 지속되게 되면 그때 삼매三昧의 상태가 되는 것이고, 그렇기 때문에 팔정도에서도 정정을 설하신 것입니다.

4

진실은
이미
눈앞에

티베트의 성자 밀라레파는
여행을 떠나는 것만으로도
깨달음의 반을 성취한다고 했습니다.

여행하는 마음은 풍경을 느끼지만,
업무 때문에 비행하면
장엄한 아름다움을 느끼지 못합니다.

신神은 바로 내 마음입니다.
삶을 있는 그대로 허용하는 것,
현실을 진실로 인정하는 것입니다.

있는 그대로를 허용하라

삶의 진실은 무엇일까요? 올바로 사는 삶이라는 건
무엇일까요? 삶을 정말 아름답게, 지혜롭게 살려면 어
떻게 해야 될까요? 누구나 질문합니다. 답은 너무나도
간단합니다. 현실을 사는 겁니다. 현실이 진실입니다. 어
떤 현실? 각자 자기가 처한 현실이죠. 불교에서는 이 현
실을 마음이라고도 불러요. 일체유심조一切唯心造라고도
했듯, 불교에서는 일체 모든 것은 마음에서 나왔다고 합
니다. 삼라만상, 대지, 자연, 이 세상 모든 것들이 어디서
나왔느냐? 여러분 마음에서 나왔습니다. 놀랍지 않나

요? 신이 창조한 게 아닙니다. 혹여 신이 창조했더라도 그 신은 바로 내 마음이란 말이에요. 창조한 신이 나와 다를 수 없단 말이죠. 나에게 주어진 이 삶이라는 현실과 나의 진실이 둘로 나뉠 수 없어요. 불이법不二法입니다. 지금 자기에게 펼쳐지고 있는 삶이 그대로 고스란히 진실입니다.

밤에 꿈을 꿉니다. 어느 날은 악몽을 꾸죠. 힘들고 괴로운 꿈. 남들에게 사기당하는 꿈도 꿀 수 있고 예전에 겪었던 괴로웠던 일이 꿈에 나타나는 사람도 있죠. 그런가 하면 어떤 때는 너무 아름다워서 도저히 깨기 싫은 꿈을 꾸기도 합니다. 그리고 이런 경우도 있지 않나요? 잠을 자다 꿈에서 깼는데 이 꿈이 너무 좋은 거예요. 그래서 '빨리 다시 돌아가야지.' 하죠. 신기하게 바로 다시 눈 감고 자면 다시 2부가 시작돼요. 꿈이 연결되기도 해요.

꿈은 최악일 때도 있고 최상일 때도 있어요. 그게 꿈입니다. 그 꿈들이 하나하나가 나름대로의 역할이 있는 거예요. 꿈의 내용에 따라서 그날 하루가 기분 나쁠 수도 있고 좋을 수도 있지만 지금에 와서 가만히 들여다보면 사실은 상관없죠. 왜 상관없을까요? 꿈이니까요. 깨어났을 때는 상관없단 말이에요. 우리 인생이 꿈과 같아서 아직 그 꿈에서 깨지 못한 사람에게는 좋은 꿈이냐 나쁜 꿈이냐가 중요해요. 여러분 인생에 좋은 일이 벌어지느냐 나쁜 일이 벌어지느냐 그것이 중요해요. 하지만 이 모든 것이 꿈이라는 걸 깨달은 자에게는 꿈의 내용물이 중요하지 않습니다.

현실에서 괴로움이 일어나는 이유는 어떤 업이 해결되기 위해서라고 합니다. '업장 소멸되기 위해서 일어난다.' 이런 표현을 쓰기도 해요. 나쁜 일이 일어난다는 것은 그게 해결된다는 얘기죠. 해소되려고 나쁜 일이 나타난 거죠. 예를 들어 내가 백만 원 날렸다. 그 때문에 잠깐 괴롭지만 지금 받아들여버리면 툭 털어버릴 수 있단 말이에요. 그게 지금 해결되지 않고 미뤄진다면 10년 뒤에 그게 천이 될지 억이 될지 어찌 알겠습니까. 그러니 지금 백만 원 날린 걸로 그냥 딱 끝내버리는 게 좋을 수 있습니다.

현실에 무수히 많은 문제들이 있지만 그것은 일어나야 하기 때문에 일어난 거예요. 인과의 법칙과 법계의 법칙대로 그냥 일어나는 거예요. 그런데 이 겉모습 이 몸뚱이, 즉 현실 세계는 왔다 가는 거잖아요. 인연 따라 좋은 것도 왔다 가고 나쁜 것도 왔다 가는 것, 그게 현실이에요.

우리가 인생에서 괴로웠던 순간이 왔다 갔어요. 그리고 인생에서 찬란하고 아름답던 순간도 왔다가 갔어요. 그런데 괴로울 때 '와! 나는 괴로워 죽겠어.' 하던 나, 행복할 때 '나는 너무 행복해.' 했던 나, 그 자기 자신은 오고 가지 않았잖아요. 행복은 왔다 갔고 괴로움은 왔다 갔는데 그걸 경험하고 있던 나는 오고 가지 않았단 말이에요.

젊고 건강하고 탱탱했던 몸이 왔다가 갔어요. 지금은 이제 그 몸은 찾아볼 수가 없어요. 근데 그 몸은 왔다 갔지만 나는 왔다 가지 않았죠. 인연 따라 생겨난 모든 것들은 반드시 사라질 수밖에 없는 운명을 지니고 태어났어요. 그걸 생멸법이라 합니다. 생겨난 모든 것은 반드시 사라질 수밖에 없다. 그런데 진짜 자기는 생겨나지도 않고 사라지지도 않습니다. 태어날 수도 없고 죽을 수도 없는 것이 우리의 본래 면목이에요. 진짜 나는 태어난 적이 없어요. 그래서 죽을 수도 없습니다.

'행복해, 불행해.' 또는 '내 인생은 승승장구야, 내 인생은 하면 할수록 뭘 해도 실패야.'라는 양극단을 쫓아가면 인생은 좋거나, 나쁘거나 둘 중 하나예요. '저 사람 인생은 좋은데 내 인생은 왜 이렇게 괴로울까.' 이렇게 돼요. 근데 그건 이 몸과 마음을 '나'라고 여기는 허망한 망상을 쥐고 사는 동안에만 일어나는 괴로움이에요. 진짜 자기가 누구인지를 깨닫게 된다면 삶의 내용물은 중요하지 않아요. 희노애락이 중요하지 않아요. 본래 성품에는 희노애락이 없습니다. 생로병사가 없습니다. 좋고 나쁜 게 없어요. 그냥 여여하단 말이에요. 결코 우리라는 존재의 진실은 오고 가는 것들에 끌려가고 울고 웃는 그런 나약한 존재가 아니라는 것입니다.

얼마나 다행스럽습니까? 늙는다고, 병든다고 괴로워할 필요가 없단 말이에요. 이 몸은 병들 수 있어요. 죽을 수도 있어요. 그게 왜 문제가 되죠? 애초에 안 죽을 사람이면 상관없지만 우리 모두가 어차피 다 죽을 사람이고 언제 죽을지 모르는 사람이잖아요. '나는 언제까지 살아야 해.'라는 생각을 가지고 기준을 정해놓으면 그 기준 때문에 괴롭죠. 그게 없으면 아무 상관없어요.

누구나 자신만 느끼는 독특한 괴로움을 가지고 있어요. 인간계는 원래 그런 곳이에요. 잘나가고 문제없어 보이는 사람 부러워할 필요 없어요. 그 사람은 또 다른 문제가 있습니다. 괴로움이 없을 수 없어요. 깨닫기 전에 다 괴로워요. 괴로움의 종류는 다양합니다.

눈이 눈을 볼 수 없듯 부처가 부처를 볼 수도 없고 알수도 없단 뜻이에요. 둘로 나뉘어야만 자기를 경험할 수있거든요. 그러니까 둘로 나뉘는 것 같은 망상을 일으켜서 우리 중생들이 괴로움이라는 환상을 겪게 만드는 거예요. 그게 목적이니까요. 괴로움은 왜 있는 것일까요? 겪으라고 있습니다. 만약에 지금 괴로움이 왔다면 그걸 거부하라고 온 것이 아니라 충분히 흡수하고 받아들이라고 온 것입니다.

우리의 본래 성품이 허용하기 때문에 다 받아들여집니다. 병원에서 "당신은 6개월 후에 죽습니다." 하면 누구나 받아들입니다. 불자만 받아들이는 게 아니에요. 누구나 받아들여요. 어떤 괴로움도 훅 받아들일 수 있는 것이 우리의 성품이기 때문입니다.

이 세상은 있는 그대로 아무 문제없어요. 좋을 것도 없고 나쁠 것도 없고 실상 실체가 없어요. 그런데 '이건 좋고 저건 싫어' 이렇게 둘로 나누어 놓고 좋은 건 가지려고, 싫은 건 버리려고 기를 쓰는 게 분별심이거든요. 그 분별을 하지 않는 것이 중도예요. 주어진 것들을 그냥 허용하는 것이 본성이고 중도입니다. 그리고 이 중도라는 것은 불자들만 하는 것이 아니에요. 아까 말한 것처럼 시한부 인생 판정 받으면 누구나 자기 죽음을 받아들이고 완전히 자유로워져요. 평화로워져요. 죽음을 받아들이고 나면 삶이 더욱더 진해진다고 합니다. 그것은 불자에게만 해당되는 것이 아니에요. 그러니까 깨달음은 어렵지 않습니다.

최악의 괴로움은 죽음인데, 죽음조차 받아들이고 나면 자유로워지잖아요. 받아들이고 나면 괴로울 게 없어요. 그래서 삶을 있는 그대로 허용하는 것, 현실을 진실로서 인정하는 것, 그게 점차 진리에 가까이 가는 길입니다. 취사 간택심을 주인으로 두고 인생을 살아가는 것이 아니라 내 안의 근원 본질인 이 현실이라는 진실을 있는 그대로 받아들이는 것, 그것이 삶의 지혜를 실천하는 길이에요.

내 삶을 구경하듯 보기

지금 내가 살고 있는 이 삶에서 한 발만 떨어져서 영화 보듯이, 어젯밤 꿈을 보듯이 삶을 보세요. 삶은 내가 사는 것이 아닙니다.

구경해야 합니다. 내가 살고 있는 이 삶을 구경하는 게 진짜 자기입니다. 구경하고 바라보고 있는 그 사람이 바로 진짜 나예요.

우리는 욕을 들으면 화가 나죠. '저놈이 나를 욕했어, 나를 공격했어, 나를 무시했어.' 이렇게 화나는 마음, 이 마음을 내 마음이라고 여기기 때문입니다. 그저 인연 따라 생겨난 것인데 이걸 내 마음이라고 여기니까 거기 빨려 들어가서 그 사람을 죽이고 싶고, 복수하고 싶고, 너무 분노한단 말이죠. 도저히 못 참을 지경이란 말이에요.

그런데 가만히 보면 이건 내가 아니에요. 그 사람이 나한테 욕했을 때, 욕먹어서 분노하는 건 내가 아닙니다. 그럼 무엇이 나인가요? 욕을 듣기 전에, 오늘 아침에 기분 좋게 출근했어요. 그때만 해도 아무 문제없었어요. 아침에 기분 좋았던 것을 내가 알아요. 그런데 한 10시쯤 그 사람이 나한테 욕을 해서 화가 머리끝까지 뻗쳤습니다. 두어 시간 화를 삭이면서 일하다가 점심시간이 돼서 동료와 밥을 먹어요. 이런저런 얘기를 하다가, 또 칭찬을 들어요. 오늘 화장 잘 받았다, 보기 좋다, 요즘 네가 참 존경스럽다. 이런 말을 들으면 갑자기 행복해져요. 좀 전에 기분 나빴던 것이 어디 갔나 싶게 싹 사라지고 이제 기분이 좋아졌단 말이에요.

"그렇지. 내가 잘한 사람이지." 어깨 힘이 들어가서 일을 또 신나게 해요. 오후 2시까지 일을 하다가 누가 나를 또 무시하면, 그 행동을 보고 '저놈이 나 지금 무시한 거지.' 싶어서 또 화가 난단 말이에요.

아침에 기분 좋았다가, 욕먹고 화가 났다가, 다시 칭찬받고 기분 좋았다가, 또 무시당하니까 기분 나빠진다? 그건 인연 따라 왔다 가는 마음이잖아요.

우리는 그 마음이 자기인 줄 알아요. 우울할 때 내가 우울한 줄 알아요. 괴로울 때 내가 괴로운 줄 알아요. 그건 내가 아니라 왔다 가는 거예요.

한편으로는, 누가 나를 욕해서 화날 때, 기분 나쁠 때, 번뇌할 때, 서글프고 괴로울 때가 공부하기 제일 좋을 때예요.

마음 편안하고 행복할 때, 100일쯤 시간 내서 떠나가 어디 절에 가서 명상하려고 하면 잘될까요? 온갖 생각만 들지 명상이 잘되지 않습니다. 그렇게 하는 것보다 차라리 일상 속에서 엎쳐지고 매쳐지고 한 대 맞고 파김치가 될 때, 그때 거기가 공부처예요. 그때 공부가 제일 잘될 때예요.

우리는 화가 난 내가 '나'라고 생각하면서 끌려갑니

다. 분노가 올라올 때 끌려가다가 문득, 잠시 어디가 됐든 조용히, 회사에서는 화장실에 잠깐 가든지, 아무도 없는 곳에 잠깐 있든지, 어디에서든지 잠시 눈을 감든지 그냥 있어 보세요.

화를 다스리고 명상을 하라는 게 아니에요. 화와 내가 하나가 돼서 온통 내가 화가 돼버리거든요. 그때 잠깐 그냥 보란 말입니다. 화는 내버려둬요. 빨리 없어지라고 하지 말고 그대로, 화가 일어난 걸 내버려둔 채로 그냥 잠시 보세요.

방금 전까지 없던 화가 지금 생겼다면 얘는 잠깐 온 것입니다. 그리고 또 갑니다. 우리는 이걸 뻔히 알고 있잖아요. 잠깐 왔다 가는 손님이란 말이에요.

주인을 왜 주인이라 부르나요? 늘 거기에 있으니까 주인이죠. 왔다 가는 건 손님이잖아요. 이 화는 손님이에요. 가만히 명상하면서 잠깐 지켜보면 선명하게 보여요. 분명히 화가 났지만, 여기서 화를 보고 있는 자기 자신이 보입니다. 화에 끌려다니는 건 주인이 아니에요.

보이고 들리고 느껴지는 것이 나 자신

보이고 들리고 느껴지는 그것이 자기예요. 그래서 진짜 자기와 마주할 수 있는 기회가 하루 24시간 주어져 있어요. 그런데도 우리는 진짜 자기와 마주할 수 있는 기회를 놓치고 자기 생각과만 만나며 삽니다. 진리와 관계를 맺지 않고 생각과만 관계를 맺으며 살아요. 생각을 멈추고, 풀 한 포기 나무 한 그루를 만나는 것이 진리와 만나는 거예요.

여러분이 명상을 하고 싶다면 명상센터에 가서 돈과

시간을 들여서 배울 수도 있어요. 하지만 더 깊은 명상
은 숲길을 맨발로 걸으면서 그 발길에 닿는 촉감 하나하
나를 있는 그대로 경험하는 것, 풀과 나무들의 초록초록
한 색감을 하나하나 눈에 담아보는 것, 코에 느껴지는
향기를 있는 그대로 맡아보는 것, 아무 생각 없이 빈 마
음으로 아름다운 자연 속에 그냥 잠시 있는 것일 수 있
어요. 아무 생각하지 않고 우리 모두 지금 잠깐 그렇게
해볼까요?

　문을 활짝 열어놓으니 바람이 불어옵니다. 잠시 눈을
감고 몸에서 느껴지는 바람의 감촉을 그냥 한 번 느껴보
세요. 밖에 계신 분들은 햇살이 땀에 닿는 감촉을 느껴
도 좋습니다. 풍경 소리가 짤랑짤랑 들려오는 것을 그냥
경험해 보세요. 어떤 소리이든, 저 아이의 뛰어노는 소리
도 좋고 그냥 한번 들어보고 몸에 느껴지는 감각을 느껴
보세요. 떨어지는 물소리도 들어보세요. 눈을 뜨고 저 하
늘을 한번 바라보세요. 저 반짝거리는 초록의 숨결을 한
번 느껴보고 이 아름다움과 접촉할 수 있는 시간을 더
자주 보내는 것이 어떤 영성가에게 배우는 명상 그 이상

의 가치를 줍니다. 이게 명상입니다. 이 현실이 그대로
진실이기 때문입니다.

내가 생각을 따라가지 않고 맨 느낌으로, 빈 마음으로
마주할 수 있는 보이는 것, 들리는 것, 경험할 수 있는 이
모든 것이 그대로 부처예요. 절에 와서 삼배하는 것만이
아니라 집 앞에 있는 풀 한 포기, 나무 한 그루와 관계를
맺는 것이 부처와 관계 맺는 것입니다. 방편으로 그럴싸
한 말을 하는 것이 아니라 여기 부처님의 거룩한 상호를
바라보는 것과 집 앞에 있는 나무 한 그루를 바라보는
것이 다르지 않아요.

나이가 들면서 자꾸 산행하는 것이 좋은 분들 있잖아
요. 함께 여기저기 같이 다니는 분들도 계시지만 그러다
가도 혼자서 가고 싶은 날이 있어요. 혼자 그냥 고요한
숲길을 걷고 싶은 사람들이 있어요. 왜 그럴까요? 자기
근원은 이 무위자연을 그리워하기 때문이에요. 무위한
이 자연이, 있는 그대로의 자연이 나를 끌어당기기 때문
에 그래요.

이 자연과 자꾸자꾸 가까워지는 사람은 불교와 가까워지는 것과 다르지 않습니다. 그래서 자기 생각을 믿지 않을 때 마음은 무한의 차원으로 가게 됩니다. 무량수불無量數佛, 무량광불無量光佛 하듯이 시공이 따로 없어요. 통으로 하나라서 한계가 없습니다. 마음은 한없이 깊은 우물과 같아서 언제나 생명의 물을 주며 여러분은 그 우물에서 언제나 생명의 물을 길어낼 수 있습니다. 쓰고 쓰고 또 써도 전 세계 인구가 매일같이 쓰고 써도 고갈되지 않아요.

마음은 우리가 상상할 수 있는 것보다 더 많은 가능성으로 가득합니다. 이걸 상상할 수가 없어요. 모든 것이 여기에서 나와요. 그래서 본마음은 완전히 열려 있다고 합니다.

우리 중생은 이 본마음과 다르게 씁니다. 우리는 선택적으로만 마음을 열고 닫잖아요. 좋은 것엔 열고 나쁜 것엔 닫잖아요. 근데 이 마음은 모든 게 열려 있습니다. 그래서 부처님에 대항한 데바닷타 같은 나쁜 놈도 앙굴리말라 같은 살인마도 구제해서 부처로 만듭니다. 부처님은 나쁜 놈이라고 벽을 치지 않아요. 나쁜 것이라고 해서 거부하고 좋은 것이라고 해서 받아들이지 않는단 말이에요. 하되 함이 없이 한단 뜻입니다. 쉽게 말해 부처님도 벽을 칠 땐 벽을 치겠죠. 그럼에도 불구하고 그 사람의 뿌리가 부처라는 사실은 분명히 안단 말이에요. 내가 할 수 있는 만큼의 교화를 하는 거예요.

삶 전체는 완전히 열려 있는 것입니다. 원래 좋고 나쁜 일이 양변이 아니거든요. 동전의 앞면과 뒷면은 둘이 아니란 말이에요. 좋음과 나쁨, 옳음과 그름 것들이 항상 같이 있단 말이에요. 그게 지혜예요.

세상 사람들은 진실을 모르기 때문에, 이 삶이 무엇인지에 대한 진실을 모르기 때문에 심각하게 살아갑니다. 성공을 위해서 애를 쓰면서 살아갑니다.

나가면 당장 생활 전선에 뛰어들어야 해요. 돈도 벌어야 하고, 결혼도 해야 하고. 취직하는 문제도 심각한 일이죠. 남들은 좋은 데 취직하는데 나는 별로 안 좋은 회사에 취직한다면 스트레스를 받습니다. 남들은 일류 대학을 가는데 나는 이류 대학을 간다, 이러면 스트레스를 받습니다. 남들은 돈은 많이 버는데 나는 돈을 적게 벌어도 스트레스를 받아요. 심지어 윗사람이 나를 괴롭히고 욕하고 "너 이것밖에 못 하느냐." 얘기하면 엄청 스트레스를 받습니다.

그러다가 때때로 많은 사람들이 우울증에 빠지고, 괴로움에 빠져서 '이런 인생을 계속 살아야 되나.' 하는 참담함을 느끼기도 하죠.

이렇게 삶이 반복됩니다. 이런 삶이 언제까지고 계속 반복돼요. 그래서 우리는 '잠시도 쉴 수 없구나. 내 인생이 언제쯤 성공해 있을까? 미래에 내가 돈을 많이 벌어놓고 안정적인 삶을 살면 그때는 행복할 수 있겠지?' 그런 판단을 하게 됩니다.

그렇기 때문에 젊은 날 놀 수 없고 삶을 즐길 수 없어요. 돈을 벌어야 하고 성공해야 하니까 자신을 혹사시킵니다.

이 약육강식의 사회에서 성공하려면, 살아남으려면 정말 피 터지게 일하지 않으면, 열심히 하지 않으면 안

된다고 생각하죠. 왜 그게 맞다고 생각할까요? 남들도
다 그러고 있기 때문입니다.

초등학교, 중학교, 고등학교를 거쳐오면서 다들 주변
을 보면 미친듯이 공부를 하고 있어요. '저렇게 하지 않
으면 실패하는구나.' 세상을 보면 어른들도 다들 너무나
열심히 일하고 있습니다. '그렇게 하지 않으면 나는 살
아갈 수 없구나.' 이렇게 생각하게 됩니다.

이 세상 모든 사람이 전부 다 성공을 향해 달려가고
있으니 머릿속에 어떤 관념이 생길까요? '인생을 잘살
려면 저렇게 피 터지게 열심히 일해야 해. 정말 열심히
공부해야 하고, 정말 열심히 살지 않으면 나는 낙오자가
되고 말 거야.' 이렇게 생각하기 시작합니다. 그러면서
그것이 진실이라고 믿기 시작하죠. 이것은 곧 이 세상에,
나의 인생에, '나'라는 존재에 실체성을 부여하는 과정
입니다. 그런데 모든 문제와 모든 괴로움은 여기에서부
터 시작돼요.

종종 서울에 비행기를 타고 왔다 갔다 합니다. 옛날에

제가 처음 비행기를 타고 인도로, 히말라야 네팔로 향한 적이 있었습니다. 그리고 인도에서 국내선을 타고 여기 저기로 왔다 갔다 하면서 해외에 처음으로 혼자 나가서 여행을 하던 때가 있었어요.

그때 느낌이 어땠을까요? 비행기를 한 번 탈 때마다, 비행기에 앉아 있을 때마다 그 작은 창밖으로 보이는 이 하늘 위의 세상, 구름 위에 올라가서 구름 아래를 바라 보는 그 풍경이 너무나 감동적이었어요. 해가 질 때나 해가 뜰 때 비행기를 타면, 정말 그 경이로움은 말로 표 현할 수가 없습니다. 하늘 위에서 구름이 둥실 떠 있고, 그 밑에 산이 있고, 강이 있고, 사람들의 삶이 펼쳐지고 있어요. 너무나도 경이로운 기분을 느꼈습니다.

하늘 위에서 비행기가 탁 올라가다가 어느 순간 구름 층을 지날 때 어둑어둑 흐릿한데, 그걸 뚫고 올라가면 갑자기 화창한 구름 위에 올라서서 한도 끝도 없이 펼쳐 지는 하늘의 푸르름과 발밑의 하얀 구름만 보이는, 장관 을 볼 수 있거든요. 밖을 바라보면 너무나도 경이로운 것이죠.

그러면서 이 세상에 그 어떤 아름다운 카페에 가서 커피를 시켜도 이런 풍경을 바라보면서 차 한잔을 마실 수 있겠나 싶어 밖을 바라보며 감탄하다가, 혼자 보기 아까워서 휴대폰으로 사진을 찍기도 합니다. 이 아름다운 것을 지금 여기 비행기 안에 있는 약 200여 명이 같이 감상하고 있겠다고 옆을 바라보면 그 누구도 바깥의 풍경에는 관심이 없습니다. 다들 심각한 표정으로 앉아 있거나, 잠을 자고 있거나, 쇼핑 책자를 보고 있거나 그러고 있죠.

왜 그럴까요? 여행을 떠난다는 마음을 가지고 비행기를 타면 그 비행기 아래의 풍경이 너무나도 장엄하고 아름답습니다. 그런데 업무 때문에 비행한다고 하면 그런 장엄한 아름다움을 경험할 수가 없어요. 똑같은 아름다움인데 그 아름다움을 어느 때는 느끼고 어느 때는 못 느끼는 겁니다.

여행을 떠날 때는 현실에 대한 심각성이 사라집니다. 현실을 실체화시키는 심각함이 사라지고 며칠 동안은 일단 마음을 비우게 돼요. 평온히 릴렉스하게 됩니다. 현실에서 돈 벌려고 아등바등하며 싸워 이기고, 현실에서 성공해야 한다는 생각을 잠시 잊습니다.

여행을 한 번씩 떠나보라고 하는 이유입니다. 일상에서는 이곳에서 살아남아 여기에서 성공해야 된다고 생각하면서 일상생활을 실체화시켜요. 그러다 보니까 그 일상생활 속에 갇히게 됩니다. 내가 그 실제라고 생각하는 그 삶 속에 갇히게 돼서 평생을 살아갑니다. 그런데 여행을 떠나게 되면 잠깐 그 시간 동안만이라도 일상에서의 압박감에서 해방이 되기 시작합니다.

여러분은 당장에 아침, 점심, 저녁, 밥해 먹는 것, 밥해 주는 것에서부터 자유로워지죠. 또 미래가 어떻고, 직장에서 윗사람 아랫사람과의 갈등, 이런 모든 것으로부터 잠시 마음을 내려놓게 됩니다.

그러면 실제적인 삶 속에 구속돼 있던 의식에서 잠시 해방됩니다. 이 여행지에서의 모든 것들은 내 것이 아니거든요. 잠깐 보고 구경하고 갈 거잖아요. 구경만 하면 되는 것들, '이걸 내가 가질 거야, 저걸 내가 가질 거야.' 이런 생각이 사라집니다. 그냥 구경하면 그걸로 끝!

삶을 심각하게 보지 않고 가볍게 바라볼 수 있는, 있는 그대로 바라보는, 내 아상을 개입시키지 않은 채 가볍게 바라보는, 있는 그대로를 있는 그대로 보는, 집착 없이 바라보는 의식 상태로 바뀌게 됩니다. 여행이 우리에게 많은 것들을 가져다주는 이유가 거기에 있어요.

옛날 티베트의 위대한 성자라고 불리는 밀라레파는 여행을 떠나는 것만으로도 깨달음의 반을 성취한 것이라고 했습니다.

우울함과 두려움은 진짜가 아니야

어리석은 사람은 망령되게 분별을 내어 삶과 죽음을 흘러다니며 어지럽게 미쳐 날뛴다.

우리가 깨닫지 못하면 이렇게 됩니다. 삶과 죽음을 흘러다니는 것 자체가 어리석기 때문이죠. 우리는 사실 어리석으나 지혜로우나 누구나 삶과 죽음을 흘러다닌다고 느낍니다. '어리석은 사람도 지혜로운 사람도 전부 다 태어나고 죽는 것 아니야?' 생각합니다.

그것은 분별입니다. 어리석은 사람만 그렇게 느끼는

것입니다. 삶과 죽음을 흘러다니는 것처럼 그리고 어지럽게 미쳐 날뛰는 것처럼요.

어지럽다는 것. 우리의 삶을 가만히 보면 우리는 정상적으로 산다고 느끼지만, 내면에서는 미쳐 날뛰고 있는 게 보이거든요. 아무 문제가 없다가 어떤 한 가지 생각이 떠오르면 갑자기 우울해져요. 갑자기 괴로워지기도 하고요.

생각들이 올라올 때마다 그걸 계속 쫓아다니면서 거기에 휘둘리면 우리 마음은 그야말로 미쳐 날뜁니다. 그럴 필요가 없는데도 불구하고 마음이 왔다 갔다 한단 말이죠.

마음은 한결같지 않아요. 여여하지 않죠. 항상 상황따라, 조건 따라, 경계 따라, 누구의 말 한마디에 따라, 어떤 생각이 나느냐에 따라서 마음이 고요하다가도 갑자기 깊은 우울이 느껴지기도 하고, 갑자기 미래가 두려워지기도 하고, 불안하거나 초조해지기도 합니다. 행복하다가도 갑자기 어느 날 문득 내 인생이 잘못되면 어쩌나 두렵기도 하죠.

옛날에는 그런 생각들이 불쑥불쑥 올라올 때마다 진짜인 줄 알았어요. 진짜 내 생각인 줄 알아서 그 올라오는 생각과 조건, 분별에 속았단 말이죠. 속고 이리저리 끌려다니기도 했습니다. 미쳐 날뛰는 사람처럼요.

그런데 그럴 때마다 이제는 돌이켜보는 거예요. 회광반조回光返照해서 내가 불안하면 불안을 쫓아다니다가, 우울하면 우울함을 쫓아다니다가, 두려우면 두려움을 쫓아다니면서 그 올라오는 마음이 진짜인 줄 알고 속아서 그걸 실제라고 여기면서 거기에 휘청거리고 휘둘리다가 이제는 '이렇게 올라오는 마음, 올라오는 느낌, 감정, 생각, 불안, 초조 이런 것들은 내가 아니구나. 이거는 왔다 가는 거구나. 인연 따라 왔다 가는 거구나.' 알게 됩니다. 생각을 가만히 지켜보면, 생각은 평생 끊임없이 왔다 갑니다. 좋은 생각, 나쁜 생각 계속 왔다 가요. 좋은 생각이 나면 행복했다가 싫은 생각이 나면 괴롭죠.

그런데 냉정하게 가만히 자기 자신을 돌이켜보면. 그동안은 보지 못했던 경계가 따라다녔단 말이에요. 경계가 바깥에 날뛰며 다녔단 말이죠. 그러니까 그 바깥 경계에 따라서 왔다 갔다 하고, 마음의 향방에 따라서 왔다 갔다 하면서 살았는데 이제는 문득 내가 중심이 되어서 날뛰고 있는 것을 바라보는 거예요. 날뛰고 있는 이게 나인 줄 알았는데, 이 왔다 가는 게 나인 줄 알고 속고 살아왔는데 가만히 돌이켜보니까 아니구나.

문득 돌이켜봅니다. 이렇게 끌려다니는 것은 내가 아니구나. 나는 늘 한결같이 이 자리에서, 여기에서 오고 가는 모든 것들을 보고 있잖아요. 오고 가는 건 내가 아니지 않습니까?

여러분이 태어나서 지금까지 살면서 '나'가 왔다 갔다 하나요? 옛날에 젊음은 이미 왔다 갔지만 나는 왔다 가지 않았잖아요. 나는 그대로 있습니다. 젊음, 늙음, 이런 건 왔다 가는 거잖아요. 젊음도 내가 아니고 늙음도 내가 아닌 거예요. 나이 역시 내가 아닌 거죠. 성별도 내가 아닙니다.

지난 과거, 그건 내가 아니죠. 왔다 갔잖아요. 지금 흔적을 찾아볼 수 있습니까? 지난 과거를? 과거는 고사하고 한 시간 전을 찾아볼 수 있나요? 명백하게 지금 여기 있느냔 말이죠. 허상이잖아요. 실재하는 게 아닙니다.

그런데 우리는 왔다 간 그 과거의 기억을 상기시켜서 그것을 실제라고 여깁니다.

기억상실증에 걸려서 내 과거가 싹 날아가버렸다고 쳐봅시다. 내가 누군지도 모르겠고, 내가 뭐 하는 사람인지도 모르겠고, 우리 집이 어딘지도 모르겠고 아무것도 모르겠어요. 다 잊어버렸어요.

내 과거가 다 날아갔잖아요. 내가 어떻게 살았고, 그것 때문에 내가 스트레스도 받았고, 옛날에 누구 때문에 상처도 받고, 누구는 믿고 누구는 싫고, 옛날에 영광스러웠던 일들을 생각하면서 뿌듯하기도 하고, 그런 온갖 것들 때문에 내가 참 행복하다며 불행하다며 살았는데, 기억 상실이 오면 그 모든 것이 사라집니다. '나'라고 여겼던, 나의 정체성이라고 여겼던 모든 것들이 과거에서 왔으나 그 과거가 다 없어져 버리면 난 어디에 있을까요? 어디에 가지 않았죠. 그 기억이 없는데도 불구하고 내가 없진 않잖아요. 내가 죽진 않았잖아요. 난 여기에 이렇게 있잖아요. 기억이 다 떠나가 사라지더라도 늘 여기에 있는 죽지 않고 살아있는 이게 진짜 자기 자신이죠.

지난 50년 60년 70년 동안에 내가 살아왔던 삶, 과거, 생각을 떠올려야만 같이 떠오르는 생각의 덩어리들. 그건 진짜 내가 아니죠. 그건 언제든지 없어질 수 있는 것입니다. 우리 죽고 나면 다 없어지겠죠. 기억 상실만 해도 다 없어질 겁니다. 잠만 자도 다 없어지죠. 이렇게 얄팍한 것, 허망한 것입니다. 진짜라고 할 수 있는, 증명 가능한 게 아무것도 없어요. 그저 왔다 가는 거죠. 아무리 화려했던 과거도 왔다 가고, 아무리 부족했던 과거도 왔다 갑니다.

5

삶을
놀이처럼

부처도 외로웠습니다. 공허하다고 했습니다.
공허한데 하나도 공허하지 않다고 했습니다.

외로움과 괴로움이 일어나지 않아야 맞다면
에이아이AI 로봇이 부처입니다.

삶은 쉽게 살아야 합니다.
하되, 내가 할 수 있는 만큼만 하는 거예요.

괜찮아요 지금의 나

우리는 만들어진 거짓된 상징을 믿습니다. 이 세상 전체가 우리가 만들어놓은 상징이니까요. 본래는 개념이 없고 분별이 없습니다. 옳고 그른 게 정해져 있지 않고 가치 역시 정해져 있지 않아요. 모두 평등한, 동등한 가치를 지니고 있어요. 동등한 부처인 거예요. 전부 다 똑같은 신성, 불성을 지닌 존재들입니다. 다만 개성이 다를 뿐이죠.

어떤 사람은 운동 잘하고, 어떤 사람은 공부 잘하고, 이런 차이일 뿐 그게 실제 그 사람의 가치를 매기는 게 아니에요. 서로 다름을 알게 해주는 것이지요.

이 세상 전체가 자기 생각 속에서 비롯된 것들에 가치를 매기기 시작했고, 거기에 사람들이 세뇌되기 시작하여 그걸 향해서 앞만 보고 달려간 거죠. 그래서 대중이 중요한 가치라고 목매는 것을 많이 가지면 행복하고 적게 가지면 불행하다고 생각하게 된 것 아닐까요? 우리가 그렇게 만든 것 아닙니까? 그러니까 남들이 가치 있다고 생각하는 것을 나도 얻으려고 쫓아가는 거죠. 잘 애써서 그걸 성취하는 사람은 훌륭한 사람이고, 애써서 성취 못하는 사람은 능력 없는 사람이 돼버리고 도태되는 거죠. 유위조작有爲造作입니다.

그렇게 도태되면 스스로가 나는 문제 있는 사람인 것처럼, 세상에서 적응 못하는 사람인 것처럼 느껴지고, 그러면서 우울이 심해지고, 자괴감이 오고, 나 같은 사람은 이 세상에 있어도 안되는 놈이라고 생각하죠. 그리고 남들이 나한테 욕하는 소리를 듣고 집에 가서 두세 번 반복하면서 '맨날 엄청난 욕을 먹고 살 거야, 사람들이 날 맨날 욕하고 있을 거야.' 그 생각이 계속 맴돌고 맴돌다 보니까 강박 장애가 오고, 공황장애가 올 수도 있죠. 그렇게 의미와 가치와 개념과 분별상을 만들어내기 시작하면 그 무수히 많은 분별상을 스스로 만들고 거기에 사로잡혀서 그걸 실제라고 믿게 되죠. 그게 본래 공한 것인데도, 실제라고 믿고 거기에 사로잡혀서 노예가 되고 병자가 돼버려요. 어리석은 중생이 되고, 괴로운 사람이 돼버리고, 마음의 병이 와요.

그런데 문득, 그 모든 것은 왔다 가는 것이구나, 사람이 집단적으로 그냥 가치를 매긴 거구나, 실제 취해야 되거나 버려야 될 게 있는 게 아니구나, 이렇게 깨닫게 되면 이 현실 세계 속에서 인연 따라 그냥 최선을 다해 열심히 살되 그게 공한 줄 알고, 그 자리에 서서 무엇이든 열심히 하는 거죠. 하되 함이 없이 하는 것입니다. 그걸 무위행無爲行이라 합니다.

무위행을 하려면 어떻게 해야 할까요? 유위행有爲行을 해야 합니다.

유위행은 내가 지금 하는 걸 열심히 하는 거예요. 직장생활 열심히 하는 거예요. 겉으로 봤을 때는 유위조작

같기도 합니다. 직장생활 열심히 해서 돈 벌려고 저렇게 열심히 하나 보다 생각합니다.

그런데 나는 이미 무인 줄 알고 하는 것입니다. 과도한 집착 없이 하는 거예요. 돈오입도요문론頓悟入道要門論에는 이렇게 나옵니다.

"어떤 것이 무위법입니까?"

"유위법입니다."

무엇이 무위법일까요? 어떻게 하면 무위법을 잘 실천하는 것일까요? 지금 여러분 하는 것과 똑같아요. 열심히 일하고, 돈 벌고, 자식 가르치고, 학원 보내고, 남편 뒷바라지하고, 최선을 다하는 거예요. 이게 유위법이면서 무위법이에요.

다만 유위밖에 모르고 유위를 하는 사람은 이걸 다 실제인 줄 압니다. 내가 돈 못 벌면 실제로 괴로워 죽는 건줄 알고, 뭔가 사고가 나면 실제로 사고인 줄 알고, 모든걸 실제라고 생각하고, 진짜 가치가 있다고 생각해서 저 가치를 내가 가지면 좋고, 못 가지면 괴롭다고 생각합니다. 그러면 거기에 휘둘려서 살지요.

그런데 이게 무위인 줄 아는 사람은 본래 가치가 없다는 걸 알죠. 그냥 세상살이 연극하면서 사람들과 함께 꿈속에서 살아야 하다 보니 세상 사람들이 가지고 있는 가치에 그냥 동의해주는 거죠. 알면서도 모르는 척해주면서 필요할 때는 따라갑니다.

그러나 나는 속지 않아요. 속지 않는 자리에서 연극하는 거예요. 그러니까 마음이 가볍죠. 하되 함 없이 하게 됩니다. 무엇이든 집착없이 실천하게 되죠. 그러니까 무엇이든 열심히 최선을 다해서 하는 거예요.

겉으로 보면 무위를 행하는 사람도 유위법을 하고 있고, 유위를 행하는 사람도 유위법을 하다 보니 겉으로 봤을 땐 다 유위조작처럼 보여요.

그런데 마음에 무위를 한 번 깨닫고 현실을 사는 사람과 유위조작밖에 모르고 현실을 사는 사람은 천지 차이입니다.

거짓된 분별과 가치를 따라가면 나는 이 세상에서 잘난 사람이거나 못난 사람이 돼버려요. 그리고 그게 진짜라고 생각해요. 잘난 사람인 것 같을 때는 우월감을 느끼면서 남들을 하대하고, 못난 사람인 것 같을 때는 열등감을 느끼면서 남들이 잘난 걸 부러워하고 질투하면서 괴로워하며 살아요.

그런데 그 모든 것들은 본래 인연 따라 오고 가는 일이에요. 실제 그런 가치는 없습니다. 그냥 일어나는 그 현상, 눈앞에 있는 그게 전부에요. 내가 해석하고 판단, 분별하지 않으면 그게 해탈이에요. 자기 마음으로부터 자기 분별로부터 해탈하는 거예요. 놓여나는 것이죠.

그래서 "어떤 것이 무위법입니까?" 물으면 "유위법입니다."라고 하는 것입니다. 무위법을 물었는데 어째서 유위라고 대답하는 걸까요? '있음은 없음으로 인해서 서고, 없음은 있음으로 인해서 나타난다. 본래 있음을 세우지 않는다면 없음은 어디에서 날 것인가. 만약 참된 무위를 논하고자 한다면 곧 유위도 취하지 아니하고 또한 무위도 취하지 아니함이 참된 무위법이다.'라는 겁니다.

'나는 능력 있어, 능력 없어.' 이런 판단은 원래 없어요. '원래 없다.'라는 무위에 뿌리내리는 것입니다.

그러나 현실에서는 내가 남들보다 키가 크기도 하고 작기도 하잖아요. 어떤 사람보다는 크고 어떤 사람보다는 작고. 누가 물어보면 작다고 대답했을 수도 있고 길다고 대답했을 수도 있죠. 무위를 쓴 거예요.

인연 따라 물어보니까 인연 따라 답한 거예요. 큰 사람 옆에 있으니까 작아서 작다고 얘기한 거죠. 그런데 사실 나는 작다는 것에 고정돼 있지 않아요. 나는 작다고 믿지 않는 거죠. 작아서 나 괴로워 죽겠어, 비참해 죽겠어. 이런 생각이 없습니다.

그러니까 나에 대해서 죄책감을 느낄 것도 없고, 우월 감을 느낄 것도 없고, 잘났다 못났다 할 것도 없어요. 인연에는 응해주되 어디에도 고정되게 머물러 집착하지 않죠. 무주無住, 머물지 않아요. 인연 따라 연기할 뿐이라는 걸 아니까요. 연기할 뿐인 것은 그냥 이럴 수도 있고 저럴 수도 있는 거니까 실체가 아니잖아요.

연기할 뿐인 나를 '크다.' 아니면 '작다.' 이렇게 고정할 수 없어요. 그러니까 중도입니다. 고정지을 게 아무것도 없으니 그걸 공空이라고 해요. 그걸 무위無爲라고 합니다.

무위를 잘 공부하는 사람은 무위를 취하는 사람이 아닙니다. '유위는 버리고 난 무위를 잘하는 사람이야.' 이런 것이 아니에요. 그 사람에겐 무위도 없고 유위도 없어요. 유와 무 둘로 나누는 마음이 없단 말이에요. 상대적으로 사람들에게 인연 따라 이해하기 쉽게, 인연으로 상대해서 설명해주기 위해서만 임시로 유위니 무위니 하는 개념이 필요할 뿐이에요.

진짜 무위를 실천하는 사람이라면 본인이 무위를 실천한다는 생각이 없어요. 그럴 자격도 없어요. 무위라는 말이 있으면 이미 무위가 아닌 거예요. 진짜 무위는 그게 아닙니다. 유위도 넘어서고 무위도 넘어서는 거죠. 유위도 없고 무위도 없는 거예요. 무위를 실천하면서도 무위를 실천한다는 생각 자체가 없는 것입니다. 유무 양변에 걸리지 않는 거예요. 그것이 진짜 무위입니다.

오직 지금뿐

옛날에 '내가 공부가 많이 된 것 같아.' 이렇게 착각을 할 때가 있었어요. 그래서 자신만만하게 이런저런 얘기를 하고 다녔죠.

그때 혼자 여행을 떠나서 일부러 정처 없이 다녔는데, 갑자기 외로운 마음이 확 올라오면서 제가 너무 충격을 받았어요. '뭐지?' 원래 혼자 여행을 가면 외롭죠. 인연 따라 올라오거든요. 그건 다 아는데, '나는 공부됐잖아. 됐으면 이러지 말아야 하는데, 왜 외롭지? 이게 뭐지?' 낯설고, 충격이었어요.

아, 공부가 안됐구나. 한참 멀었구나. 이 외로움이 없어야 되는데, 왜 난 외로움이 있을까부터 시작해서 외로움을 어떻게 해결할지 온갖 생각이 일어나더라고요. 공부가 안됐구나, 더 해야 하는구나. 이런 망상이 잠깐 일어났어요.

그러다 문득 길을 걷다가 느낀 것이 눈으로 마주하는 건물 하나하나, 골목 하나하나, 길가에 지나가는 강아지 한 마리 고양이 한 마리조차, 불어오는 바람조차 하나하나가 전부 다 외로움 그 자체인 거예요. 온 우주가 통째로 그냥 외로움 그 자체였어요.

여러분이 마음공부를 한다고 해서 괴롭고 외롭고 두려운 마음이 아예 일어나지 않는 건 아니에요. 부처님도 외로웠습니다. 공허하다고 하셨습니다. 사리불과 목건련이 먼저 죽었을 때 '이 승가가 텅 빈 것 같구나, 마음이 이렇게 공허하구나.' 하셨어요.

그런데 놀랍게도 이렇게 공허한데 하나도 공허하지 않다고 했습니다.

그거예요. 외로움이라는 파도가 일어난 거예요. 파도

그 자체가 바다였어요.

통으로 하나입니다. 그러니까 거기에서는 괴로움이 있는데 괴롭지 않고, 두려움이 있는데 두렵지 않고, 외로움이 있는데 외롭지 않아요.

그걸 좀 다르게 말하면, 옛날에는 괴로워 죽을 것 같았는데 이제는 괴로움이 묘한 즐거움이라고 표현할 수 있을 것 같은 측면이 있어요.

외로움도 법이고 마음이고 진실이고, 괴로움도 법이고 마음이고 진실이에요. 외로움과 괴로움이 일어나지 않아야 맞다면 에이아이AI 로봇이 부처입니다. 로봇에게 망상이 작용되지 않게 시스템을 해놔버리면 로봇은 그냥 가만있으니, 단 하나의 생각도 일어나지 않으니 부처 아니겠습니까? 그런데 여러분은 AI 로봇이 될 수 없습니다.

금강경에 이런 말이 있어요. 만약 법의 모양을 취하면 곧 아상과 인상에 집착하게 되고, 만약 법의 모양 아닌 것을 취하여도 곧 아상과 인상에 집착하는 것이다. 그러

므로 마땅히 법도 취하지 말고 법 아님도 취하지 말라고
하시니, 이것이 곧 참된 법을 취하는 것이다.

법이라고 할 만한 것을 취할 수 있을까요? 취할 수 없
어요. 법을 취했다면 어긋난 거예요. 법을 알았다 해도
어긋난 것입니다. 법을 확실히 알게 되면 모른다는 것도
확실해져요.

'이건 알 수 있는 게 아니구나. 분별로 알고 모르고 할
수 있는 게 아니구나.'

이 이치를 밝게 알면 곧 참된 해탈이며 법문을 아는
것이죠.

제가 법회 때마다 늘 이렇게 많은 이야기를 하지만 불
교는 정말 단순합니다. 불이법이라는 말 자체가 '둘이
아니다. 서넛과 다섯, 그런 게 있겠느냐.' 그것입니다.

내가 나서서 판단하고 분별하고 의미를 부여하고 가
치를 부여하면서 조작하는 일을 멈추게 된다면 아무 일
이 없어요. 심플해요. 잘난 사람 못난 사람이라는 게 있

을 수가 없죠. 대평등입니다. 그럼 일불승—佛乘이라고 말할 만해요. 하나의 부처뿐, 하나님, 이렇게 말할 만해요. 오로지 하나의 신神뿐입니다.

그래서 지금 힘들고, 괴롭고, 고되고, 초조하고, 불안한 이 현실, 지금 우리가 처한 이 현실, 여기에 불국토가 숨겨져 있지 않고 100% 드러나 있어요. 그런데 번뇌가 보리인 줄 모르고 번뇌를 피해서 번뇌 없는 곳으로 가려고 하니까 문제였던 것입니다.

지금 자기가 있는 이 자리에 뿌리내리는 것, 그게 어려운 걸까요? 본래 우리는 여기 있는데 자꾸 분별해서 다른 데로 가려고 하니까 힘들었죠. 그러니 아무것도 하지 않으면 돼요. 하되 함이 없이 하는 겁니다. 아무것도 하지 말라는 건 진짜 아무것도 하지 말라는 게 아니라, 다하는데 아무것도 하지 않는 거예요.

지금 여기에서 확 죽어버리는 거예요. 어떻게 죽을까요?

'내 분별 망상이 살아서 날뛰게 내버려두지 않고, 무엇이든 와서 날 죽이든 살리든 마음대로 해라.'

나는 어차피 죽을 수 없어. 불생불멸이니까 죽을 수가 없어요. 그런데 그게 두려웠던 거예요. 살아있으니까 나는 살고 싶어요. 죽기 싫단 말이에요. 그런데 분별을 놔버리고, 어떤 것이 오든 그걸 무방비로 다 경험해버리세요. 완전히 내버려둬버리세요. 그게 허용입니다.

그렇게 되면 그게 나를 죽일 것 같지만 못 죽여요. 그게 나이기 때문에 나를 죽이지 않아요. 그게 나를 살리는 일입니다.

처음엔 정면으로 맞이하기 두렵습니다. 모든 것을 내려놓고 그냥 있는 그대로 인정하기는 쉽지 않아요. 용기가 필요해요. 지혜도 필요하죠.

그런데 그렇게 했을 때 문제가 없어요. 문제가 사라지죠. 다 내려놓고 그냥 있어 보세요. 그냥 있으면 어떻게 될까요? 그냥 보이고 들려요. 견문각지見聞覺知, 삶이 저절로 그렇게 살아지죠.

삶은 쉽게 살아야 합니다. 아주 쉽게, 이보다 더 쉬울 수 없게, 하되 내가 할 수 있는 만큼만 하는 거예요. 무엇이든 최선을 다해서 할 수 있는 만큼만 하고, 그걸 다르게 말하면 놔버리는 거예요. 방하착放下着, 부처님께 내맡 겨버리는 거죠.

부처님의 가르침은 우리에게 극락세계를 경험하게 해 주거나 깨달은 열반 세계를 경험하게 해주지 않습니다. 괴로움에서 벗어나게 해줄 뿐이에요. 분별에서 벗어나 게 해줄 뿐이지 따로 있는 극락세계는 없어요. 부처의 현실은 우리랑 똑같았어요. 괴로운 일투성이였고, 밥을 못 먹기도 했고, 우리보다 복도 더 없었죠. 특히 밥을 못 먹을 때가 많았으니까요. 우리는 밥은 거의 안 굶고 살 잖아요.

부처님이 한 것은 무엇일까요? 극락세계로 간 것이 아니라 '그게 여기였구나. 여기서 내가 분별을 하고 있 었구나. 괴로워하고 있었구나. 여기에서만 벗어나면 그 게 극락국토구나.' 이걸 깨닫게 한 것입니다.

성경에서도 모세가 젖과 꿀이 흐르는 땅으로 가자며 우르르 데려갑니다. 그래서 이집트에서 살림살이 힘들 던 현실에서 벗어나게 해줬어요. 벗어나게 해주는 게 목 적이었지, 젖과 꿀이 흐르는 땅이 따로 있는 것이 아니었습니다.

이스라엘인들이 젖과 꿀이 흐르는 땅에 지금도 가 있을까요? 지금도 아닙니다. 아직도 거기는 전쟁터인데 어디에 젖과 꿀이 흐르는 땅이 있나요? 지구상에 있는 어떤 한 지역이 아니에요. 여기, 지금 눈앞에 자기가 서 있는 이 자리가 젖과 꿀이 흐르는 땅이에요. 그러니까 늘 완성인 거예요. 그런데 거기를 찾고 수복해야 한다고 아직도 찾고 있잖아요. 지금 자기 눈앞에서 그걸 확인할 일이지, 사실은 찾을 일이 아니죠. 곧장 여기가 극락이고, 천당이고, 하나님의 땅입니다.

최선을 다하되 결과는 내맡기라

내 자식이 A라는 대학의 시험을 봤어요. 내가 봤을 때 A대학이 맞을 것 같아서 시험을 보게 한 거죠. 그런데 떨어져서 재수를 하면 우리는 '실패했다.'라고 생각하죠.

A대학 시험을 보지 말았어야 하는데 내가 그때 실수를 해서, 그 대학 시험을 보게 만들어서 재수를 하게 됐으니 실패라고 생각을 해요. 그건 나의 판단일 뿐이죠. 그냥 그 아이는 대학을 조금 늦게 가는 대신 1년을 더 공부하는 겁니다.

그런데 또 1년 공부를 했는데 더 좋은 대학을 못 간다면 '이런 대학에 갈 것 같았으면 괜히 재수 시켰네, 1년을 버렸다.' 이렇게 생각하겠죠.

버린 것 아닙니다. 성적이 올라가는 것만이 인생에서 가치 있는 거라고 생각하면 실패라고 생각하겠지만, 그 1년은 결코 실패일 수 없습니다. 그 아이는 재수 안 해본 사람은 경험해보지 못할 많은 것들을 경험하고, 느끼고, 배우고, 깨닫는 삶의 경험을 갖습니다. 우리는 지식을 통해 배우는 것이 아니라 경험을 통해 배웁니다. 경험을 통해 삶의 지혜를 수확합니다.

그러니 재수했다고 해서 실패의 인생, 한 번에 대학을 갔다고 해서 성공의 인생이 될 수 없습니다. 공부를 하고 있을 뿐이에요. 이것이 옳으니 저것이 옳으니 그렇게 과도하게 해석할 필요 없습니다.

인연 따라 어떤 일이 주어졌다면 그 일을 하면 됩니다. 그런데 그게 금방 잘못된 일이라는 걸 깨닫게 됐다면 그만하면 됩니다. 출가하고 싶다면서 저에게 오는 사람들에게 저는 "뭘 그렇게 고민을 하느냐? 출가하고 싶으면 출가해. 고민되면 출가하지 마." 이렇게 얘기합니다.

그렇게 머리를 많이 굴릴 필요 없다는 것이죠. 목탁소리에서 공부 열심히 하다가 가볍게 출가한 스님들이 여러 명 계세요. 그 스님들이 출가하는 걸 보니까 대번에 답이 나오더라고요. 제가 "출가해라, 출가해라." 노래를 부를 때는 죽어도 안 한다고, 사람이 어떻게 그런 말을 하냐며 화를 내고 절대 출가 안 한다고 이구동성이었거든요. 그런데 어느 날 갑자기 한 명이 출가를 하니까 전염병처럼 서너 명이 같이 우르르 출가를 하는 거예요.

그분들이 출가하기 1~2년쯤 전에 제게 와서 고민을 얘기했어요. 출가를 할까 말까 생각 중인데 이것도 걸리고 저것도 걸리고, 그런데 출가는 하고 싶다고 고민하더라고요. 그래서 저는 좀 두고 보라고만 얘기했었어요.

그런데 결정을 내려놓으니까 저한테 와서 고민 얘기도 안 해요. 답을 내고 나서 "스님 이제 들어갑니다." 딱 한마디로 결정내버리더라고요.

그때 출가하신 분들 지금 아주 잘 생활하고 계시고, 그중에 출가하시고 몇 달 살다가 나온 분도 계세요. 그럼 그분의 인생은 실패한 것이냐? 실패한 게 아닙니다.

거기서 배운 것이 있고, 거기서 배운 것들을 가지고 불교 관련된 좋은 일들을 하고 계시지요.

우리 삶에는 이처럼 성공과 실패가 없습니다. 소나무는 성공인데 장미꽃은 실패인가요?

장미꽃은 성공인데 발밑의 꽃다지는 허름해 보이니까 실패인가요? 그런 게 아닌 것처럼, 우리는 무엇을 해도 좋습니다. 내 마음이 시키는 대로, 열정이 시키는 대로 무엇을 해도 좋습니다. 그리고 그걸 통해 성공해도 좋고, 실패해도 괜찮습니다. 성공과 실패라는 그 경험을 통해 삶의 지혜를 수확하기 위해서 우리는 이 세상에 온 거예요. 굳이 삶의 특정한 목적이 있느냐? 따로 목적이 없지만 굳이 말해본다면, 이 생로병사라는 괴로움의 현실 속에서, 괴로움에서 벗어나야겠다는 생각을 하기 위해서입니다. 괴로움이 우리 인생에 나타나는 유일한 이유는 뭐겠습니까? 괴로움이 커야만 괴로움에서 벗어나야 되겠다는 발심도 커지기 때문입니다.

불교에서 말하는 공부는 발심 공부예요. 금강경의 핵심이 발보리심發菩提心이에요. 발보리심이 뭘까요? 마음을 낸다는 거예요. 깨달음의 마음을 냅니다. 깨달음이 무엇입니까? 괴로움이 없기를 발원하는 마음이 깨달음이에요. 고집멸도苦集滅道 사성제四聖諦, 불교의 핵심인데 괴로움에서 벗어나는 게 깨달음입니다.

승승장구하고 좋은 일만 있으면 괴로움에서 벗어날 생각을 못합니다. 그런데 성공도 겪고 실패도 겪고 좌절도 겪고 절망도 겪고 크게 무너질수록 나는 크게 발심을 하게 됩니다. 그래서 모든 괴로움은 나쁜 것이 아니죠.

내 인생에 등장하는 모든 희로애락은 좋다 나쁘다고 해석할 수 있는 것이 아닙니다. 내가 해석하지만 않는다면 지금 이대로 아무 문제가 없다는 것이죠. 이것을 해도 좋고 저것을 해도 좋습니다. 이랬다저랬다 해도 괜찮습니다. 이 직장에 갔다 저 직장에 가는 것도 괜찮습니다. 본인이 그렇게 하고 싶었다면 그렇게 해도 괜찮습니다. 아니면 내가 한 가지를 꾸준히 밀고 나가고 싶다. 그렇게 해도 좋습니다.

절대적인 진실, 절대적인 진리, 정답이라는 건 없어요. 제가 책도 쓰고, 설법 영상도 올리면서 방편으로 말을 하려다 보니 말을 심어주기 위해 확정적인 듯 얘기할 수는 있겠지만, 그것도 전부 다 말일 뿐입니다. 확정적으로 '이것만이 절대 진리야.'라고 얘기할 수 있는 것이 없다는 게 부처님 가르침의 핵심이에요.

인생도 마찬가지입니다. 절대 진리라는 것은 인생에 없습니다. 무엇이 내 인생의 진리일까요? 어떻게 가는 게 올바른 진리일까요? 그런 게 따로 정해져 있지 않습니다. 정해져 있지 않기 때문에 인생은 혼란스럽고, 혼돈이고, 불확실합니다. 그것을 있는 그대로 허용해주고 받아들이는 게 수행의 길이에요. 그게 어려운 거죠.

마음공부하는 이유가 뭘까요? 지금까지 분별심이 끌고 오던 내 인생을 분별심이 아닌 무분별의 지혜가 끌고 가도록 바꾸려는 것 아니겠어요? 지금까지는 자기 생각을 믿고 '이렇게 살아야 돼, 저렇게 살아야 돼, 이 길만이 진짜야, 저 길만이 진짜야, 이것만이 옳은 거야, 저 길만이 옳은 거야.' 하고 특정한 가치관을 정해놓고 그 가치관대로 살고자 애쓰고 노력하고 집착했단 말이죠.

그래서 무엇이 더 진리에 가까운지, 무엇이 더 올바른

일인지를 알려고 애썼단 말이죠. 더 많은 지식을 얻으면서 다른 사람들, 나보다 못한 많은 사람들을 우습게 생각하고 우월감을 느끼며 삽니다. 마음공부는 처음엔 여러분들이 원하는 것을 줍니다. '이렇게 하면 좋습니다, 저렇게 하면 좋습니다, 부처님 가르침이 이겁니다, 저겁니다.' 부처님 가르침을 다 줘서 '정말 부처님 가르침이 지혜롭구나, 정말 나는 엄청난 자산을 얻었구나.' 하는 느낌을 갖게 합니다. 그러고 나서 줬던 걸 다시 다 빼앗습니다. 다 빼앗음으로써 비로소 진짜 좋은 것을 드러내주는 것이죠. 방편을 방편으로 법을 설해주지만 그 방편을 전부 다 빼앗길 준비가 되어 있어야 합니다. 빼앗기고 나면 자유로워져요.

이렇게 하면 지혜롭게 사는 거라고 부처님이 가르쳐 줬다가 결국에 가서는 '모를 뿐이다. 좋고 나쁜 게 정해져 있는 것이 없다. 지금 이대로 내가 바로 부처이다. 내가 살아가고 있는 이 삶이 진리이다.'라는 것을 알려주는 거죠.

그러나 이 수준이 따라오지 않는 사람에게 이런 얘기

를 해버리면 막행막식하고 나쁜 짓 하면서 "내가 사는 게 진리야." 이렇게 남들 괴롭히면서 삽니다.

그래서 이 방편을 깨는 가르침은 아무에게나 얘기할 수 없어요. 자기 식대로 해석해버리니까요. 그래서 이렇게 말합니다. 가슴이 시키는 걸 하되 남들에게 피해주지 않는 선에서, 나도 남도 괴롭히지 않는 선에서 내가 하고 싶은 걸 마음껏 누리며 해도 좋다. 삶을 만끽하고 행복해하게 살아도 좋다.

삶에 과도한 집착이 없으면 그게 가능해집니다. '내 인생은 이거야.'라는 특정한 계획이 있으면 안 됩니다. 모든 계획은 변경 가능해야죠. 정해진 게 없으니까요. 내 인생이 이끄는 대로, 인연 따라 가면 특정한 것을 고집하지 않으면 힘을 빼고 흘러가게 되죠. 삶이라는 지혜를 따라서 자유롭게 흘러가게 됩니다. 이렇게 흘러가도 좋고 저렇게 흘러가도 좋습니다. 이 언덕에 다다라도 좋고 저 언덕에 다다라도 좋습니다. 돈이 좀 있어도 좋고 없어도 괜찮습니다. 아름다운, 걸림 없는 삶이 되는 것이죠. 그러나 '반드시 이래야 해, 반드시 저래야 해.'라는 계획, 그 계획에 집착하고 살면 자기 자신을 구속하게 됩니다.

그렇다고 계획을 아예 갖지 말라는 것이 아니에요. 계획을 세워도 좋습니다. 하지만 하다가 안되면 이게 내 길이 아니라고 포기할 줄도 알아야 한다는 겁니다. 부처님도 한 번 얘기하고, 두 번 얘기하고, 세 번 얘기하고, 그러고도 안되면 너 하고 싶은 대로 하라고 하셨어요. 아무리 진리라고 할지라도 고집하지 않으셨습니다.

하다못해 유리왕이 군대를 끌고 석가족을 멸망시키고자 부처님 고향을 멸망시키러 가는데 부처님이 한 번 막고, 두 번 막고, 세 번 막다가 네 번째는 안 막았습니다.

즉, 열심히 살라는 겁니다. 열정이 시키는 대로, 가슴이 이끄는 대로 내가 하고 싶은 삶을 멋있게, 열정적으로 살아도 좋다는 거예요. 삶의 계획도 세우고 성실하게 열심히 사세요. 좌절하면 한 번 더 도전하고 한 번 더 도전하면 좋습니다. 그러나 두세 번 부딪쳤는데 안된다, 그러면 포기할 줄도 알아야 한다는 거죠. 이것만이 내 길이라는 집착은 버려야 합니다.

그렇게 되면 그것을 통해 내가 삶의 지혜를 습득하고, 또 다른 일을 행할 수 있습니다.

하되 함 없이

옛날에 이런 얘기가 있어요 어떤 사람이. 물고기를 잡아서 집에 가다가, 그날 따라 물고기가 너무 많아서 도저히 집까지 못 들고 가는 거죠. 그래서 산속에 있는 큰 나무 등걸에 빗물이 고여있길래 거기다 물고기 몇 마리를 놓고 집에 갔대요.

그런데 그다음 날 매일 산에 올라오던 사람이 그 물고기를 발견한 거죠. 그러고는 '여기는 물고기가 살 수가 없는 곳인데 물고기가 있네? 나무가 물고기를 잉태했구나. 이거는 그냥 나무가 아니다. 신이다. 우리 마을에 경사가 났다. 신이 우리 마을에 내려오셨다.' 소문을 내기 시작해서 사람들이 구름떼처럼 몰려들고 그 물고기에 대고 기도를 했단 말이죠.

그런데 놀라운 것은 그걸 굳게 믿는 사람들이 와서 그 물고기에게 기도를 했더니 기도가 이루어지더라는 거죠.

그런데 나중에 물고기 주인이 밤에 다시 와서 그 물고 기를 챙겨 갔단 말이에요. 그러고 나니 사람들이 절망에 빠졌어요. '신이 우리를 버렸다. 떠나가셨다.'라고 생각한 거죠. 그리고 그 이후로는 열심히 기도해도 기도가 이루 어지지 않더라는 겁니다.

마음에서 믿은 것입니다. 그렇게 믿기로 마음을 먹고 굳게 믿어버리면 그 믿음이 그것을 성취하게 만들어 주 는 거죠. 자기 마음이 한 거예요.

우리는 성지를 순례하잖아요. 어디 대성당, 어디 큰 법당, 이런 데는 성지라고 해서 종교인들이 그런 곳을 가보고 싶어하죠. 이슬람교 사람들에게는 생애 한 번 메 카로 순례를 떠나보는 게 큰 의미가 되기도 하죠. 그런 데 그 건물에 뭐가 있겠어요? 그 땅에 뭐가 있겠어요?

부처님 사대 성지도 마찬가지란 말이죠. 안 그렇습니까? 부처님 사대 성지라고 뭐가 다를까요? 부처가, 진불이 허상의 모양을 쫓아다니는 것 아닐까요? 가짜를 쫓아다니면서 부처라고 모양을 세워놓고 있는 거 아니겠어요? 물론 이 세속의 세상은 원래가 그렇게 사는 거예요. 세속의 세상은 처음부터 끝까지 전부 다 모양 놀이 잖아요. 모양 놀이 가지고 돈 벌고 사는 동네입니다. 이세상이 다 그렇습니다.

중국에 성지순례 갔더니 법당마다 이야기를 다 만들어 놨어요. 이 법당은 진급 잘되는 법당, 저 법당은 애 잘 낳는 법당, 저 법당에서 무슨 기도를 하면 무조건 이루어지는 법당. 그걸 만들어놓으면 장사가 되잖아요. 전국에서 몰려들지 않겠어요?

우리나라에는 산에 있는 부처님 코 깨서 먹으면 애 낳는다는 이야기가 있잖아요. 산에 가면 부처님마다 코가 없어요. 긁어가지고 맛있게 드셔서요.

그게 진짜일까요? 그 모든 것들이? 아니죠. 우리는 '야, 애네들 참 장사 머리 잘 썼다.' 말은 그렇게 하면서도 그래도 또 왔으니까 가서 나도 한 번 해보게 된단 말이에요.

상관없어요. 해보면 좋단 말이에요. 뭐 어차피 다 허상의 세계인데, 꿈꾸는 세계인데 거기서 연기 재밌게 한단 말이죠.

기왕 왔으니까 여기가 건강에 좋은 법당이라니까 건강을 위해서 가서 기도하면 좋죠. 어차피 다 연기 연극인데, 이 세상 사는 게 허상의 게임 아니에요? 의미 부여해놓고 그 의미를 쫓아다니잖아요. 굳이 쫓아다닐 필요 없는데도 불구하고. 그런데 그걸 깨는 게 불교 공부란 말이에요. 그걸 하나하나 깨는 게.

이 세상은 본래 의미가 없어요. 저는 키가 크지도 않고 작지도 않아요. 잘나지도 않고 못난 것도 아니에요. 우리 모두가 똑같아요.

그런데 어떤 관점을 가지고 비교하느냐에 따라서 커지기도 하고 작아지기도 하고, 잘나지기도 하고 못나지기도 하고, 능력이 있기도 하고 없기도 하고, 이런 분별이 상대적으로만 잠깐 생기는 거예요. 실제로는 푸른 것

도 없고 누른 것도 없고, 옳은 것도 없고 고른 것도 없어
요. 바르고 바르지 못한 것도 고정된 실체로 존재하지
않는단 말이에요. 여기서 옳은 게 다른 나라 가면 틀린
게 될 수도 있고요.

결국은 중생이 어떤 개념을 부여하고 의미를 부여한
다음에 그 개념에 자기가 사로잡혀서 노예가 되는 거예
요. 휘둘리는 거예요. 문화 전통이니, 무슨 모양이니 사
람들이 다 휘둘리잖아요. 그거를 추앙하고 신성시하잖
아요.

신성한 장소가 어떻게 따로 있을 수 있어요? 어떻게
성지가 성지일 수 있어요? 지금 여기가 성지이지. 자기
가 있는 곳이 성지예요.

이 몸을 도량道場이라고 하잖아요. 절에서는 몸을 도
량이라고 해요. 지금 부처가 있는 이 자리가 성지인데,
여기를 벗어나서, 이 부처를 벗어나서 다른 곳에 있는
성지를 간다는 건 뭘까요? 여기는 성지가 아니라는 소
리잖아요. 저쪽에 있는 성지 찾아간다는 거죠.

그런데 어떻게 성지가 따로 있을 수 있어요? 어떻게

성직, 성스러운 직업이 따로 있을 수 있죠? 목사 신부 스님은 성스러운 직업인가요?

여기에 부처님께서 답을 내셨어요.

인도의 힌두교 성직자들이 '브라만이 성직자다. 브라만은 최고의 고귀한 성직이다.' 이렇게 얘기했을 때 부처님께서 제자들에게 그렇게 얘기했어요.

"브라만이 성스러운 직업인 것이 아니다. 그 사람의 행위에서 성스러움이 나오고 성스럽지 못함이 나오는 것이다. 성스럽게 행동하는 그 순간 그 사람이 성스러운 것이지 브라만이라는 특정 계층 속에 성스러움이 묻어 있는 것이 아니다."

그 성스러움은 사람의 마음속에 있다는 거예요. 자기에게서 나오는 거죠. 모든 게 자기에게 있어요. 그런데 우리는 자기를 버리고, 이 진짜 부처를 버리고, 바깥에 온갖 모양으로 그림을 그려놓고 거기에 끌려다니면서, 휘둘리면서 진짜 주인이 가짜에 끌려다니면서 산단 말이죠. 허상은 진짜 부처가 아니잖아요. 그 상을 깼을 때 비로소 부처를 만납니다.

범소유상개시허망凡所有相 皆是虛妄. 모든 상이 있는 바 모든 것은 허망하다.

부처라는 상을 만들어놓고 거기에 부처가 있다고 한다면 그건 허망한 거죠.

이건 본질적인 이야기입니다. 현실에서도 그러고 살라는 얘기는 아니에요. 현실에서는 현실의 규칙도 있고 전통도 있어요. 그건 그거대로 여건되면 따르는 거죠. 많은 사람이 그렇게 하기를 원하면 맞춰준단 말이죠. 그 규율대로 살아야 돼요. 그것도 중요한 거예요. 이 현실이라는 세계, 불교가 현실이라는 세계를 다 깨뜨리는 혁명도 아니고, 기존 질서를 무조건 무너뜨리기만 하는 것도 아니에요. 마음에서 깨는 겁니다. 현실에서까지 깰 필요는 없어요. 현실에서는 적당히 맞춰서 살아도 됩니다.

정해진 성직이 없지만 성직자 만나면 합장하고 인사하고, 성지가 따로 없지만 법당이나 교회에 가면 성스럽게 마음 모아서 기도하는 거예요. 현실은 그대로 하되 함이 없이 하고 머무는 바 없이 마음을 내는 거예요. 했는데 했다 하는 생각도 없이, 걸림 없이 하는 것입니다.

우주 전체가 나

불교 교리는 이 세상을 실체화하고자 하는 모든 관념을 깨부숩니다.

무아無我, '나'라는 것은 실체가 없습니다. 이 세상은 진짜가 아닙니다. 연기법緣起法, 인연 따라 잠깐 그 마음이 생긴 것뿐이지 실제가 아닙니다. 인연 따라 그 존재가 생긴 것뿐이지 실제가 아닙니다. 삼법인三法印, 무상하게 변화한다는 것은 진짜가 아니라 계속 변해가는 한 과정일 뿐입니다. 거기에 사로잡힐 필요가 없습니다.

힘들어서 자살하는 사람들이 어떤 것 때문에 자살하

나요? 이 괴로움이 영원히 계속될 거라는 착각 때문입니다. 제행무상諸行無常을 모르는 거죠. 이것도 다 지나가리라는 진실을 모르는 거죠.

이런 분이 있었어요. 남편이 자기를 너무너무 괴롭혀서 죽을 것 같다는 겁니다. 그런데 남편 손아귀에서 절대 벗어날 수 없을 것같이 느끼고, 또 자식들이 있기 때문에 이혼도 못할 거라고 느껴요. 그래서 이 괴로움에서 못 벗어난다고 생각합니다. 이혼하고 산다는 건 상상해본 적이 없는 거예요. 내가 돈을 벌어서 산다는 걸 생각해 본 적이 없는 겁니다. 남편에게 세뇌당한 거죠.

남편이 "넌 나 없으면 죽어. 나 없으면 어디에 가서 뭘하고 살 수 있겠어? 넌 10원 한 장 못해먹고 거지가 돼서 못살아."라고 하니까 그렇게만 생각하고 산 거죠.

그래서 남편의 손아귀에서 벗어날 수 없다고 생각하고 자살을 시도했던 여인이었습니다. 어찌 생각하면 이혼하면 끝날 수 있는데 이혼할 자신이 없던 거죠.

이렇게 내 의식이 '나는 벗어날 방법이 없어.'라고 가

두게 되면 그 속에서 갇혀서 죽게 됩니다.

어떤 사람이 직장 생활이 괴로워서 자살을 해요. 직장 그만두고 나가면 되는데, 그만두고 나가지 못하고 이 괴로움이 계속될 거라는 생각을 해요. 그래서 거기에서 자살을 합니다.

수험생들이 공부하다가 자살을 하기도 합니다. 어머니 아버지가 공부에 대해서 스트레스를 주니까, 공부하다가 '나는 어머니 아버지가 이렇게 공부로 나를 괴롭히는 것에서 벗어날 수 없어.' 이렇게 생각하고 자살하는 아이들도 있죠.

거기서 벗어날 수 없을까요? 벗어날 수 있습니다.

공부는 해도 되고 안 해도 됩니다. 그거 하다가 왜 죽어요? 공부 안 하고 살면 됩니다. 공부를 하지 않으면 안될 거라는 생각에 집착이 집착을 낳아 인지협착됩니다. 집착이 나를 억누르면 거기에서 벗어날 수 없을 거라는 착각이 들어서 차라리 죽어야 된다고 생각을 하는 거예요.

얼마나 어리석은 생각입니까? 그런데도 그 생각이 가

능한 이유가 뭐겠어요? 그 상황에 사로잡혀 있기 때문에, 그 상황이 영원히 계속될 거라는 착각을 하기 때문에 그렇습니다.

그 상황에서 우리는 반드시 벗어날 수 있습니다. 그 상황이 전부가 아니에요. 전혀 새로운 삶을 살아갈 수 있습니다.

저는 한국에서 스님으로서 삶을 살아가죠. 문득 그런 생각을 할 때도 있었어요. 이 모든 것이 다 아무것도 아니다, 제로가 된다면 한편으로는 너무 자유로울 것 같다, 난 아무것도 아니고 아무 인연도 없다, 세상천지에 아는 사람도 아무도 없다는 생각. 내가 갑자기 아프리카에 뚝 떨어진다면 얼마나 자유롭겠습니까?

여러분이 재산이 있고, 자식이 있고, 배우자가 있어요. 그러면 그 재산을 지켜야 한다는 부담감 때문에 힘들거든요.

어떤 분이 제 설법에 댓글을 달았는데 너무 인상적이었어요. '마음을 비우고 살아야 된다.' 이런 식의 설법이었던 것 같은데, 댓글에서 이렇게 말해줬어요. '내가 돈을 많이 갖고 있다가 완전히 상실해보니 돈이 있는 삶의 구속과 돈이 없는 삶의 자유로움이 뭔지 이제야 알겠다. 가지고 있던 소유물이 완전히 사라지고 나니 나는 엄청 괴로울 줄 알았는데, 그게 얼마나 자유롭던지요.'

사실 우리는 지금 자신이 가진 것을 계속 유지하고 더 늘려나가기 위해서 혈안이 돼서 살고 있거든요. 그런데 우리에게 아무것도 없다고 생각해 보세요.

전에 텔레비전에서 이런 이야기를 보았습니다. 어떤 사람이 100억 가까이 로또에 당첨이 됐어요. 그런데 당첨되고 나서 아내와 싸우고, 친척과 싸우고, 부모 형제와 싸우고, 아내와 심지어는 법적인 다툼까지 가면서 돈을 서로 누가 갖니 못 갖니 이혼하고, 자식들과도 헤어지게 된 거예요. 모든 가족과 돈이 다 사라져버리고 완전 거지가 됐어요. 이혼하고 돈 10원 없이 혼자 사는 거예요.

그분이 뭐라고 말할까요? 돈 수십 억 있었을 때보다 지금이 훨씬 자유롭고 훨씬 행복하다, 지금 아무것도 없지만 하루하루 일해서 밥 먹을 수 있으니까 그걸로 행복하고 누구와도 돈으로 싸울 필요도 없어서 사는 게 얼마나 홀가분한지 모른다고 했습니다.

돈이라는 데 구속되어 있으면, 사로잡혀 있으면, 그것이 내 인생의 전부라고 착각하기 시작하죠.

우리 인생은 태어나서 죽을 때까지 무언가에 사로잡혀서 무언가에 집착해서 살게 되는데 그 집착의 대상이 계속해서 바뀌어요. 갑자기 차에 꽂혔다가, 부동산에 꽂혔다가, 어떤 때는 사람에 꽂혔다가, 명예에 꽂혔다가. 사로잡혀 있는 대상이 바뀔 뿐이지 평생을 그렇게 어딘가에 구속되어서 진정 자유롭지 못한 삶을 살게 됩니다.

그런데 불교에서는 그 모든 것을 버리라고는 얘기하지 않습니다. 가지고 있으면서도 거기에 구속되지 않을 수 있습니다. '하되 한 바 없이 해라. 행하되 행하는 바 없이 해라. 소유하되 소유한 바 없이 소유해라.'라고 합니다. 그게 무소유입니다. 가진 걸 다 버리라는 얘기가 아니고, 가지고 있지만 거기에서 자유로울 수 있다는 거죠.

즉, 여행지에서와 같은 삶을 살 수 있습니다.

여행지에서 보는 풍경은 더 아름다워요. 그런데 지금 여기에서 보는 풍경은 아름답지 않습니다.

부산 사는 사람들은 광안리 앞바다를 보면서 '우와!' 이렇게 보지 않습니다. 그런데 제가 얼마 전에 광안리 앞바다에서 젊은 커플을 봤는데 택시에서 내리더니 앞에 풍경을 바라보면서 갑자기 감탄사를 연발하더라고요. "자기야, 저기 봐." 그러더니 바다를 보면서 "우와!" 하면서 "이래서 광안리, 광안리 하는구나." 하더라고요. 그렇게 감동하면서 바닷가 쪽으로 뛰어가는 걸 봤어요.

여러분은 어떠신가요? 광안리 앞바다를 맨날 보는데 그걸 보자마자 "우와!" 감동하지 않거든요. 왜? 우리에겐 일상이잖아요. 똑같은 바닷가인데 우리에게 감동을 주지 않지만 여행 온 사람들에게는 그게 몇 배 더 큰 감동으로 다가가는 거죠.

일상에서의 집착들을 다 내려놓고 왔기 때문에 있는 그대로 놀라운 감동을 고스란히 느끼는 겁니다.

그런데 그 바다가 일상인 사람들에게는 있는 그대로를 볼 수 있는 시야가 가려집니다. 색안경을 끼고 보게 됩니다. 우리 삶도 색안경을 끼고 보면 이 눈부신 삶이, 여기 들려오는 매미의 소리가, 불어오는 바람결 한 자락이, 풀 한 포기가, 이 초록에 물든 아름다움이, 가을의 낙엽이 느껴지지 않는 거죠.

어느 날인가 산에 올라가고 있었는데, 가을이었어요. 낙엽 하나가 저 위에서부터 떨어지는데요. 영화에서 보면 그런 장면을 하나하나 자세하게 보여주잖아요. 갑자기 낙엽 하나 떨어지는 그 모습이 말로 표현할 수 없도록 아름답게 느껴졌어요. 단순한 일상의 현실이 너무나도 비일상적인 아름다움, 놀라움, 경이로움으로 바뀌는 순간이었습니다.

단순한 일상도 문득 바라보면 '여긴 맨날 내가 다니던 곳이야.'라는 생각 없이, '내가 맨날 보던 풀이야.'라는 생각이 없어지는 때가 있어요. 모든 걸 내려놓고 바라보면 단순한 풀 한 포기가 놀라운 아름다움이 됩니다.

현실이 전혀 똑같은 현실이 아니게 되는 순간이 있습니다. 우리에게 그 놀랍고 장엄한 아름다움이 없었던 것이 아니라, 내가 어딘가에 계속 구속되고, 사로잡히고, 집착하고 그걸 바라보니까 그것의 본모습에 접촉할 수 없었던 겁니다. 그것의 진면목을 볼 수 없었던 것이죠. 생각으로 보니까 본래 면목을 확인하지 못하던 것이죠.

생각을 거두고 문득 바라보면 이 하늘이 그냥 하늘이 아닙니다.

여행지에서의 그 놀라운 아름다움이 매 순간 우리에게 있습니다. 언제나 주어져 있습니다. 생각 속에 사로잡힐 때는 그것이 없다고 착각을 하고, 그 습에 끌려갈 때는 생각의 세계, 생각이 만들어놓은 억압된 세계, 구속된 세계, 비좁은 세계 속에 살지만 문득 그 생각을 내려놓으면 풀 한 포기가 선이 되고 시가 됩니다. 아름다움이 되고 부처가 되고, 진리가 됩니다. 우리는 그러한 세계 속에, 그러한 진실 속에 늘 살아가고 있습니다.

지금 생각하면 우습지만 제가 고등학교 때, 젊은 혈기에 '공부 한번 정말 미친듯이 해보자. 죽도록 해보자. 내가 지금 아니면 언제 공부 죽도록 해보겠나?' 이런 생각을 했어요. 그래서 친구들하고 농담 삼아 그랬죠.

"어차피 우리 고3 두세 번 오는 거 아닌데 진짜 목숨 걸고 한번 공부해보자. 난 그런 생각이 들었다."

사실 이건 이상한 생각이죠. 좋은 생각이 아닙니다. 제가 시험 보는 기간에 잠 안 오는 약, 각성제 같은 걸 먹으면서 '이거 먹는다고 죽겠나? 목숨 걸고 공부하기로 마음 먹었는데 이게 대수냐.' 이렇게 생각했어요. 일주일에 세 시간 잤어요. 그때는 뭔가 모르게 공부에 대해서 엄청나게 꽂혀 있어서 고집을 부렸어요.

누구나 뭔가 한 가지에 꽂히면 열정적으로 꽃피우는 시기가 있어요. 그걸 탓하는 건 아닙니다. 사실은 우리가 어딘가에 구속돼 있는 것도 나쁜 건 아니에요. 그것 자체가 그것을 깨고 나올 수 있는 가능성의 단초가 되기 때문에 무엇을 해도 좋습니다.

지금부터 제대로 살면 되는 거지 어제 못 산 것, 일주일 전에 못 산 것, 한 달 전에, 1년 전에, 10년 전에 잘못 산 것? 그것은 문제가 없습니다. 부처님께서는 그 사람의 과거 가지고 일언반구 뭐라고 하지 않았습니다. 심지

어느 사람을 99명을 죽였던 앙굴리말라라는 죄인조차 구제해서 깨달음에 이르게 했어요.

즉, 불법에서는 이미 지나간 과거를 문제 삼지 않습니다. 그건 그것대로 아름다웠고 완전했습니다.

그 과거가 지금 이 공부를 하고자 하는 발심을 할 수 있는 계기가 되었잖아요. 그때 그 괴로움이 없었다면, 그 때의 그 실수가 없었다면, 죄가 없었다면, 지금 내가 그 죄의식에서 벗어나고 괜찮은, 훌륭한, 지혜로운 사람이 되기 위해 발심하는 이 현실이 없었을 겁니다.

그래서 그 어떤 잘못도 없습니다. 지금까지 살아온 인생은 다 완전했어요. 다 아름다웠어요. 잘잘못을 따질 필요가 없습니다. 중요한 것은 지금, 지금입니다.

하고 싶은 걸 마음껏 해도 좋습니다. 일도 하고, 성공도 하고, 실패도 하고, 사랑도 하고, 버림받아보기도 하고, 모든 걸 다 해보는 게 좋아요. 실패는 안 좋고 성공만 좋은 게 아닙니다. 열정적으로 다 해도 좋습니다.

언제나 근원에서는 '돼도 좋고 안 돼도 좋아. 돼도 좋아 안 돼도 괜찮아.' 이 생각이 단 하나 차별화된 겁니다. 세상 사람들은 미친듯이 열심히 하면서 '이거 아니면 안 돼. 이게 안되면 난 실패자야. 이게 안되면 큰일 나.' 생각하지만, 지혜로운 사람은 열정을 다해서 일하는 건 똑같은데 근원에서는 '되면 좋지, 하지만 안되면 내 일이 아닌 거야.' 하고 생각합니다.

그러니 무엇이든 멋지게 합니다. 언제나 우리는 하나의 강력한 지혜의 무기가 있어요. 어떤 무기냐? '돼도 좋고 안 돼도 좋아.'라는 마음이죠.

집착이 크면 클수록 '이거 안되면 어쩌지' 하는 두려움에 사로잡혀요. 그런데 '돼도 좋고 안 돼도 좋아.'라는 마음이 있으면 언제나 자유롭습니다. 어떤 사람 앞에서도 기죽지 않아요.

하루하루가 여행지에서의 삶과 같은, 놀이와 같은, 구경꾼과도 같은 삶. 한 발짝 떨어져서 내 삶을 구경꾼처럼 바라보는 것, 그게 바로 위파사나입니다. 그렇게 살면 삶에 깊숙이 개입되지 않고, 구속되지 않고, 집착하지 않은 채 삶을 즐겁게 가지고 놀 수 있게 됩니다.

남들은 다 심각하게 사는데 나만 재미있게 삶과 놀고 있어요. 삶과 싸우는 사람들, 삶에서 이기는 게 실제라고 얘기하면서 이기기 위해서 기를 쓰고 사는 사람들은 힘은 엄청나게 들이는데 결과는 잘 안 나와요.

그런데 삶과 노는 사람, 삶의 흐름을 타고 노는 사람은 힘을 주지 않는데도 될 것들이 아주 쉽게 이루어집니다. 힘쓰지 않는데 모든 게 이루어질 건 다 이루어져요. 더 강력하게 이루어집니다.

삶은 심각하게 사는 곳이 아닙니다. 재미있게 삶을 가지고 놀아야지, 이거 심각하고 저거 심각하고, 남들한테 이 말 들었다고 괴로워하고 저 말 들었다고 심각하고 그럴 필요 없어요. 그 사람은 자기 말을 했을 뿐입니다. 나는 내 인생을 살면 돼요.

세상 사람들은 자기 일을 합니다. 나를 욕할 사람은 욕해요. 그건 그 사람 마음입니다. 그 사람은 자기 업대로 하는 일 하는 거예요.

난 내 일을 하면 됩니다. 어떤 일? 거기 휘둘리지 않

는 일입니다. 남들을 탓할 필요 없이 내가 재미있게 인
생을 가지고 놀며 살 수 있습니다.

6

행복을
찾아서

토끼는 풀만 먹어도 돼요.
사자는 짐승들을 뜯어먹어야 삽니다.
인연이 다릅니다.

절에서는 몸을 도량道場이라고 해요.
지금 부처가 있는 이 자리가 성지입니다.

아무리 옳은 생각이라도 과도하게 집착하면
그것은 틀린 생각이 돼버립니다.

삶은 이대로 완전하다

잘났다 못났다, 옳다 그르다, 맞다 틀리다. 이 모든 것들이 전부 사람에게서 나오는 생각이에요. 그 분별의 기준은 사람마다 다릅니다. 분별의 의식은 자기에게만 있어요.

즉, 자기 삶의 경험에 의해서 어떤 경험, 어떤 인연, 어떤 업을 지었느냐에 따라서 그 사람의 의식이 만들어지는 겁니다. 나와 똑같은 의식을 가진 사람이 세상에 한 명이라도 있을까요? 없습니다.

내가 보기에 좋은 것과 나쁜 것이 있고, 좋은 사람과

나쁜 사람이 있잖아요. 그건 나에게만 있는 세상이에요, 나에게만 그렇게 연기된 세상이죠. 다른 사람의 세상은 전혀 달라요. 충격적으로 다른 경우도 있죠.

나에게 명백하게 선인 것이 다른 사람에게는 명백하게 악일 수도 있어요. '저 사람 정말 호감이야' 했다가, 다른 사람은 그 사람에게 '쳐다보기도 싫어, 내 이상형 아니야.' 이럴 수도 있거든요.

그런데 우리는 그래도 보편적으로는 같거나, 비슷할 것이라고 다른 사람의 생각도 넘겨짚는단 말이에요. 내가 이렇게 생각하니까 다른 사람도 그렇게 생각할 거다. 내 기준에서 상대방을 판단, 평가하는 거예요. 근데 상대방에 대한 나의 평가가 맞습니까? 맞을 수 없죠. 다 틀렸죠.

여러분이 바라보는 여러분의 아내, 남편은 그런 사람이 아니에요. 여러분이 바라본 여러분의 자식도 그런 사람이 아니에요. 나에게만 그렇게 드러난 자식인 거예요. 내가 그렇게 모양을 입힌 자식이고 남편이고 사람들인 거죠.

옷은 입었다 벗잖아요. 어떤 옷을 입느냐에 따라서 꼬질꼬질해 보이기도 하고 멋있어 보이기도 하잖아요. 세상 모든 것이 마찬가지예요. 왔다 가는 것들은 옷처럼 입었다 벗는 것들이에요. 진짜가 아니에요.

그런데 우리는 '세상은 이런 곳이야.'라는 자신만의 잣대를 진실이라고 여긴단 말이에요. 인연 따라 그냥 생겨난 거라 사실은 아주 얄팍한 건데, 실제가 아닌데 말이죠. 그런데 그 잣대를 고집하면 괴로워요. 남들과 부딪힐 수밖에 없어요. 남들은 나와 생각이 다르니까 같을 수 없거든요. 근데 내 생각이 내가 아니에요. 이 생각은 왔다 가는 겁니다. 옷같이 입고 벗는 거예요.

우리 몸, 느낌, 생각, 의지, 의식, 성격, 개성, 다 왔다 가잖아요. 우주도 왔다 가잖아요. 별도 왔다 가고, 태양도 왔다 가고, 내 집도 왔다 가고, 돈도 왔다 가고, 자식도 왔다 가고, 남편도 왔다 가고, 부모님도 왔다 가고, 내가 사랑하는 모든 사람이 다 왔다 가는 거예요. 그렇게 애지중지하던 나조차 왔다 갑니다. 그러니까 무아無我예요. 진짜 '나'라는 건 없어요.

드러나 있는 이것은 그냥 연기緣起 작용일 뿐이에요. 무상하게 변해가는 과정 중에 일시적 모습을 '나'라고 사진 찍듯 상으로 취하는 것뿐이란 말이죠. 지난 과거 역시 상으로 취해서 그게 '나'라고 생각으로 엮어놓은 거예요.

그런데 그게 다 나는 아니에요. 그 어떤 것도 '나'라고 할 만한 게 없어요. 몸도 왔다 가고 생각, 느낌, 감정, 개성, 전부 다 왔다 가는 것입니다.

옛날부터 지금까지 쭉 이어져 오는 나의 고유한 성품이, 고유한 개성 같은 게 있는 것 같잖아요. 외모도 그럴 수 있죠. 나는 홀쭉한 사람이고 뚱뚱한 사람이고, 나는 똑똑한 사람이고, 이런 고유하게 유지되는 자기의 개성이 있다고 생각하지요.

없습니다. 나 자신을 똑똑한 사람이라고 나를 여겨왔는데 치매가 오면 나의 똑똑함이 사라지겠죠. 그럼 내가 죽나요? 내가 사라지지 않잖아요. 똑똑함은 내가 아니에요. 성격도 내가 아니고, 외모도 내가 아니고, 전부 내가 아니잖아요. 그런데 우리는 이게 난 줄 알고 울고 웃고 미쳐서 날뛰면서 살아왔단 말이죠.

그럼 내가 없네요, 그렇죠? 찾을 수 없어요. 그런데 진짜로 없을까요? 진짜 없습니까? '있어요.'라고 답하는 자기가 있습니다.

"탁탁탁."

소리를 듣는, 살아있는 누군가가 하나 있잖아요. 여러분이 죽었으면 그 소리를 들을 수 있습니까?

"탁탁탁."

내 귀가 듣는 게 아니에요. 내 몸이 듣는 게 아니고 내가 듣는 게 아니었어요.

어떻게? 실제로 뭘까요? 진짜 자기는?

뭔지는 몰라요. 어떻게 생긴지도 모르겠어요. 위치가 어딘지도 모르겠어요. 귀에 있는 것 같지도 않아요. 그런데 명백한 사실 하나는 "탁탁탁." 소리예요. 이걸 통해서 죽지 않았다, 살아있다는 걸 아는 거죠.

"탁탁탁."

이렇게 확인은 되는데 뭐라고 할 수가 없어요. "스님,

그러면 앞에서 떵떵 치는 그 소리가 나예요?" 이렇게 해석할 수 없습니다.

단지 명백한 진실 하나는 "탁." 소리를 통해서 '내가 없는데, 완전히 없진 않네? 이렇게 있네.' 이렇게 알 수 있는 거예요. 이거를 굳이 불교의 교리로 설명하면 진공眞空, 진짜 없는데 묘유妙有예요. 묘하게 있다는 뜻입니다.

"탁탁탁."

이렇게 묘하게 있단 말이에요. 내가 있는 거죠, 묘하게. 이게 진짜 자기예요.

왔다 가는 몸은 내가 아닙니다. 여러분이 지금 이 자리까지 끌고 온 송장, 그 몸뚱이, 나도 아니고 내 것도 아니에요.

마음 하나가 끌고 온 거예요. 여러분 모두가 같이 공유하고 있는 마음 하나가 있어요. 마음은 하나예요. 그런데 여러분들은 다 각자 다르잖아요. 뭐가 달라요? 외모가 다르죠. 그러면 외모는 이 마음이 아니네요. 본래 면목이 아니네요. 성격도 다르죠. 성격도 자기 본래 면목이 아니에요.

외모가 잘났고 못났고, 옷을 잘 입었고 못 입었고, 나이가 들었고 안 들었고, 이게 중요하지 않아요. 그 사람의 본질을 통달하는 것, 그 사람도 본래 부처라는 것이 중요해요. 본래 부처의 차원에서는 다 평등하게 똑같잖아요. 그게 통달이에요. 통달무애通達無碍. 그러니 살면서 누구를 만나도 걸림이 없죠.

그런데 우리는 자기 진급에 영향을 주는 회사 사람 앞에서는 되게 벌벌 떨 수도 있단 말이죠. 아니면 반대로 아랫사람을 무시할 수도 있어요. 사람에 따라 달라진단 말이에요. 여여하지 못하고, 한결같지 못하단 말이죠. 색에 막혀 있으니까, 색에 걸려 있으니까 내가 집이 좋지 못하고, 차가 좋지 못하고, 입고 있는 옷이 좋지 못하면 괜히 기죽을 수도 있단 말이죠. 모양에 통달하지 못했으니까요.

그리고 대기업 회장 같은 사람을 보면 왠지 나와 다를 것 같은 착각을 한단 말이에요.

'저 사람들은 뭔가 우리와는 다른 사람일 거야.'

스님들 보고서도 그렇게 생각하죠. 혹은 예를 들어 '누가 깨달았다더라.' 이러면 그 사람은 질적으로 완전히 달라졌다는 차별적인 모양을 가지고 판단 분별한단 말이에요.

그런데 과연 다를까요? 수조 원을 가지고 있는 사람이 우리랑 다를까요?

전에 텔레비전에 어떤 기업의 회장님이 나와서 평소에 라면을 좋아한대요. 우리 생각에는 그런 회장님 정도면 매일 진수성찬을 차려 먹을 것 같잖아요? 그런데 그분이 제일 행복한 시간은 밤에 아무도 없을 때 혼자 끓여 먹는 라면이래요. 아주 꼬들꼬들하게, 맛있게 해서 먹을 때, 그때가 제일 행복하다는 것입니다.

똑같은 사람인 거예요. 모두 다 평등해요. 나랑 다른 사람이 없어요. 모양만 다른 것이지 인연이 달라서 다르게 활동하고 행동하는 것뿐이죠.

옛날에는 연예인이라고 하면 무엇인가 특별한 아우라가 있고, 일반적이지 않을 거라고 생각했잖아요. 그런데 요즘에 연예인들의 일상이 텔레비전에 나오는 걸 보면 똑같죠. 거기에서 인간미를 느끼기도 하고요.

사실은 다를 수 없어요. 우리는 하나의 본성을 쓰고 있습니다. 다만 그냥 모였다 흩어지는 인연이 다른 것뿐 이지요.

비교와 분별을 넘어선 본래 면목

우리는 세상 어느 곳을 가도 자기 마음만 만날 수 있어요. 내가 밝은 마음을 가지고 있으면 세상이 밝게 드러날 수밖에 없죠. 내 마음이 세상을 밝게 그려놓았기 때문에, 내가 그림 그려놓은 것과 같은 세상을 마주하는 것이죠.

'세상은 참으로 사랑스럽고, 모든 것들이 다 아름답다.' 이런 마음을 가지면 세상 모든 것들이 다 아름답고 사랑스럽게 보일 수밖에 없겠죠. 그런데 우리 마음속에는 비교 분별하는 마음이 가득해서, 세상을 자기식대로 해석하고, 판단하고, 분별해서만 바라본단 말이죠. 그러면서 우리는 자신이 만든 그림을 더 좋은 그림으로 바꾸기 위해서 애쓰며 살아갑니다.

돈이라는 것에 의미 부여를 한 다음에 '나는 이 정도의 돈이 있어야만 행복할 거야.'라고 정해놓고서 돈이 없는 것 때문에 괴로운 삶을 산단 말이죠. 자기가 마음으로 그려놓은 이상적인 모습을 계속해서 추구하면서 살아갑니다.

'나는 저놈들이 하는 정치를 보니까 마음에 안 들어서 화가 나 죽겠어.' 이렇게 생각하죠. 하지만 그 정치를 바꾸지 않더라도 내가 내 마음 바꾸는 것을 통해서 정치를 바꿀 수 있어요.

'학교 폭력 저지르는 놈들, 사이비 종교가 날뛰는 이런 세상은 나는 도저히 살 수가 없어, 괴로워 죽겠어.' 하면서 세상의 부조리에만 집중하고 의식을 거기에만 가져가면 그렇게 서글픈 현실이 계속해서 연기하겠죠.

세상을 쫓아다니면서 다 바꿀 수는 없습니다. 물론 세상을 바꾸려고 하는 것이 무의미하다는 건 아니에요. 최선을 다하는 것은 좋지만, 반드시 이루어내겠다는 마음은 어리석음일 수 있어요. 할 수 있는 만큼 최선은 다하되 될지 안 될지 알 수 없는 거죠. 그러니까 최선은 다하되, 내가 그걸 다 바꾸겠다 생각할 필요가 없어요.

마음에 안 드는 세상을 다 바꾸고, 마음에 안 드는 사람들을 다 변화시켜야만 행복해지는 게 아니에요. 역사 속에서 단 한 번이라도 우리가 꿈꾸던, 모두가 꿈꾸던 그런 이상 세계가 존재했던 적이 있나요? 없습니다.

젊었을 때는 세상을 바꾸자고도 하죠. '세상이 저렇게 부조리하고, 힘들고 괴로운데, 정의롭지 않은 일이 많은데, 나 혼자만 행복하면 되겠어?'라고 하면서 우리는 세상을 바꿔야 된다고 생각하고 살았어요. 그게 틀린 건 아닌데, 그것만 고집하고 반드시 그래야만 한다고 생각하게 되면 그걸 이루지 못했을 때 더 괴롭죠.

할 수 있는 만큼만 하는 거예요. 그것만 해도 충분해요. 내가 못했다고 해서 죄의식을 가질 필요 없어요. 자기 마음을 잘 가꾸는 것이 세상을 잘 가꾸는 거예요. '심청정心淸淨 국토청정國土淸淨'이라는 말이 유마경維摩經에 나옵니다. 자기 마음이 청정한 게 세상 청정한 거예요. 그런데 우리는 자기 마음을 청정하게 하려는 생각은 못 한 채, 세상을 청정하게 바꾸고 이 문제가 많은 세상을 변화시켜야 된다고 믿으며 살아요. 안과 밖은 다르지 않습니다. 자기 내면을 변화시키는 것이 곧 세상을 바꾸는 것과 다르지 않아요.

"스님, 세상은 불공평한 것 같아요"

나는 건강을 잘 챙기는데도 아프고, 저 사람은 대충대충 사는 것 같은데 저 사람은 하나도 안 아파요. 왜 그럴까요? 불공평해서 그런 게 아니라 인연 때문입니다. 인연이 다른 거예요.

토끼는 풀만 먹어도 돼요. 사자는 짐승들을 뜯어먹어야 산단 말이죠. 인연이 다른 거죠. 나와 타인은 인연이 달라요.

'나도 저 사람처럼 운동 열심히 하면 건강해지겠지?' 반은 맞고 반은 틀리죠. 내가 노력해도 저 사람한테는 가능한 일이 내겐 아닐 수도 있거든요. 왜 그럴까요? 내 노력은 내가 하는 거면서 동시에 연기법이 하기 때문에 그래요. 나도 그 연기법의 일환이기 때문에 그렇죠. 내 삶을 변화시키기 위해서 최선을 다하는 것이 연기법을 운행하는 방식이니까 그렇게 하되, 연기법 전체를 내가 어떻게 할 수 없다는 걸 인정해야 돼요. 법에 완전히 맡겨버려야 됩니다.

내가 내 삶을 이렇게 저렇게 바꾸겠다는 생각을 하게 되면 삶은 괴로울 수밖에 없어요. 삶은 내 뜻대로 되는 게 아니니까요. 인연 따라 되는 거죠.

삶의 비밀이 있을 것 같기도 합니다. 비밀스러운 어떤 진리가 따로 있을 것 같죠. 그런 건 없어요. 환하게 드러나 있는 진실을 보지 못하고, 자기 생각을 가지고 오만 것들을 그려내고 만들어내는 거예요. 삶은 드러난 게 전부거든요. 완전히 100% 드러나 있어요. 숨겨진 게 없습니다.

단지 우리가 못 보는 거예요. 자기 생각으로 걸러서 보고 분별해서 볼 뿐인 거예요. 생각, 판단, 분별로 해석하고 골라서 보지만 않는다면, 눈앞에 완전한 진실이 언제나 100% 열려 있습니다. 숨어 있지 않아요. 환하게 드러나 있는데 자기 생각이 그걸 어둡게 만들 뿐이죠.

광명이라고 하죠. 원래 세상은 광명으로 가득해서 환합니다. 그걸 자기 생각으로 해석하고 덮어씌워버릴 때 무명無明, 밝음이 없는 상태가 돼버린단 말이죠. 자기 생각을 따라가면 어리석을 수밖에 없어요. 어두울 수밖에 없습니다.

그런데 분별하지 않는 건 어려워요. 왜냐하면 우리는 그것밖에 배워본 적이 없으니까요. 세상은 이런 곳이고 저런 곳이고, 좋고 나쁘고, 개념과 판단을 가지고 세상 모든 것을 좋은 것 저건 나쁜 것으로 나누고, 이건 더 가져야 되고, 저건 가지면 안되고 식으로 너무 오랫동안 그렇게만 판단 분별하면서 살아왔으니 그전의 것을 모른단 말이죠.

이 세상 자체가 자기가 만들어낸 환영이에요. 자기가 세상이라고 알고 있는 그게 자기입니다. 자기가 만든 불행한 세계 속에 사로잡혀서 지옥 같은 현실을 하루하루 사는 사람은 그 지옥을 누가 만들었겠어요? 자기가 생각으로 만든 지옥이에요.

제가 "지옥은 자기 생각 속에 있지, 지옥이 어디에 있습니까?"라고 말하니까, 어떤 분은 곧바로 그 얘기를 하였습니다.

"스님 말 들으니까 지옥은 없는 거네요."

이렇게 결론을 내리고 맙니다. 하지만 지옥은 없다고 결론 내릴 것도, 지옥은 마음뿐이라고 결론내릴 것도 없습니다. 결론내려서 이건 이렇고, 저건 저렇다고 정하면 안 되는 거죠. 말로 표현하다 보니 이렇게도 표현하고, 저렇게도 표현하고, 이렇게 오염된 사람에겐 그 반대 이야기를 하고, 저렇게 오염된 사람에겐 또 다른 이야기를 해서 그 오염된 분별, 망상을 깨뜨려줄 뿐이지 절대적으로 고정된 실체나 진실과 같은 것은 없습니다.

모든 일은 '당신에게'가 아니라
'당신을 위해' 일어난다

"모든 일은 당신에게 일어나는 것이 아니라 당신을 위해 일어납니다."

모든 일은 당신에게 일어나는 게 아니에요. 여러분은 여러분이라는 자아, 아상, 에고를 정해놓고 '이게 나야.'라고 하죠. '나에게 괴로운 일이 일어났어. 나에게 요즘은 행복한 일이 일어났어.' 이렇게 생각하면서 더 행복한 일이 나에게 일어나기를 원하는 마음으로 살잖아요.

그런데 그게 아니에요. 나에게 일어나는 일이 아니에요. '나'는 고정되어 있지 않아요. '나'는 자기 생각 속에서 '나'라고 믿은 것뿐이에요.

지금 이대로가 진실입니다. 항상 무한한 자비, 무한한 사랑, 무한한 지혜, 그것이 늘 100% 현현되어 있어요. 그러니까 괴로움조차 당신을 위해 일어난 거란 말이에요. 서글픔, 좌절, 절망조차 우리를 위해 일어난단 말이죠.

왜 그럴까요? 예를 들어 부처님이나 하나님은 사람을 사랑하기 위해, 우리를 괴로움에서 구제해주기 위해 계신다고 우리는 믿잖아요. 그러면 반대로 우리를 죽이기 위해 존재하는 것들이 있을까요? 악마가 있을까요? 다 자기 생각이고 자기 분별심이에요.

불교에서는 분별과 무분별, 이런 방식의 방편을 써요. 분별을 따라가면 그게 지옥이에요. 분별이 지옥을 만들었지, 그 지옥을 만들어내는 존재가 어디에 있겠어요. 자기가 지옥을 만들지 않으면 세상은 본래 부처뿐이고 본래 진실뿐입니다. 삶은 이대로 완전하다는 것은 바로 그 말이에요.

나는 지옥이 있는 줄 알았는데, 나를 괴롭히는 어떤 존재가 있는 줄 알았는데, 그게 자기 자신이었다는 거죠.

그러니 두려워할 게 없습니다. 나를 괴롭힐 수 있는 사람이 없으니까요. 세상이 나를 괴롭히는 것 같이 느껴져도 그것은 사실 나를 위해서 일어나는 거였어요. 그런데 이게 이해하기 어려우니 불교에서 쉬운 방편으로 이렇게 표현을 해요.

"스님, 저 사람이 나를 욕했는데요. 저 사람 나쁜 놈 아니에요? 저놈 때문에 내가 괴로워 죽겠는데요."

"전생에 네가 저 사람 욕을 했겠지. 전생에 네가 저 사람 엄청 욕을 했으니까 저 사람도 지금 욕을 하나 보다."

그럼 주고 받은 거네. 그럼 내가 저 사람 미워할 것도 없네. 오히려 내가 나쁜 놈이니까. 그러면 업을 해결했구나. 업장 소멸했구나. 그럼 끝나버리는 거죠. 그게 윤회의 방편인 거예요.

그런데 이렇게 방편을 쓰니까 또 어떤 사람은 말해요. 괴로운 일이 많이 벌어진 사람은 "그럼 저는 도대체 전생에 얼마나 많은 죄를 지은 걸까요……?" 죄라는 것도 자기 생각이죠.

'나는 반드시 이렇게 해야 되고 저렇게 해야 된다.'라는 견해를 가지고 집착하고 있을 때, 그거 못해서 괴로워 죽겠잖아요. 그런데 그거 못하면 어때요?

예를 들어, 토끼는 평생을 풀을 먹고 살죠. 그런데 토끼가 만약에 "나는 짐승을 뜯어먹고 살고 싶어. 난 풀이 싫어. 왜 날 자꾸 채식주의자로 만드는 거야? 나는 사자처럼 육식주의자가 되고 싶어."라고 하면서 평생을 그렇게 노력을 했다 쳐봅시다. 업이 그게 안되는데 되냔 말이에요. 자기가 싸워서 이길 애들이 있겠어요?

그런데 토끼는 그런 망상을 안 부리잖아요. 풀 먹는 걸 진리로 받아들인단 말이에요. 괴롭지 않은 거예요.

사람들은 그렇지 않죠. 사람은 풀을 뜯어먹고 살아야 되는데도 사자가 되려고 기를 쓴단 말이에요. 그런데 내가 토끼인 걸 인정만 하면 아무 문제가 없지 않나요?

'우리 집안 사람들이 다 좋은 대학을 갔는데 나만 좋은 대학 못 갔다.'라고 얘기를 해요. 비교하고 그것을 따라가려고 하는 것 자체가 토끼가 사자가 되려고 하는 것하고 똑같은 거예요. 현실이 진실이거든요. 토끼는 토끼로 태어난 게 진실이에요.

'나는 공부 못한다.' 공부 못하는 게 진실인 거예요. 공부 못하면 나쁜 것이냐? 아니라니까요. 공부 잘하지만 진짜 인간답지 못하게 사는 사람 얼마나 많아요? 좋은 머리 가지고 나쁜 짓 하는데 교묘하게 쓰는 나쁜 사람들도 얼마나 많겠습니까? 그런데 공부 못하고 멍청하지만 행복하게 잘사는 사람도 얼마나 많겠습니까?

고백하자면 제가 그렇게 똑똑한 사람이 아니었어요. 저는 어릴 때 그게 너무 싫었어요. 하나를 들으면 열을 알아야 되는데 그게 안되는 사람이에요. 학교 다닐 때 천재적인 친구들이 있었어요. 그 친구들하고 같이 있으면 정말 짜증이 나는 거예요. 쟤는 도대체 뭘 먹고 자라서 저렇게 똑똑할까? 나는 왜 쟤랑 다르지?

그런데 저는 골치 아프게 머리 굴리는 것 자체를 싫어해요. 그게 그때는 싫었는데 지금 생각해보니 제가 너무 똑똑했으면 쉬운 설법을 못했을 거예요. '당연히 알겠지.' 어려운 얘기 툭툭 던져놓고 말았을 거예요. '이 정도는 다 기본으로 알겠지. 이것도 모르겠어?' 하고요.

'뭐가 잘났다, 못났다.'가 아니라 저마다의 역할이 있는 거예요. 저마다의 자리가 있는 것이고, 그걸 그냥 인정하면 되는 것입니다.

선악을 넘어서

어떤 노보살님이 이런 고민을 이야기하셨어요. 나이가 꽤 많이 든 자녀를 지금까지 어린아이 돌보듯이 하나하나 다 챙기고, 좀 안 좋게 말하면 참견을 하면서 잘못될까 봐 걱정돼서 일일이 챙기면서 살았대요. 그러다 보니 결혼에 대해서까지 하나하나 이건 이게 잘못이고 저게 잘못이고, 이렇게 다 따지다 보니까 문제가 생긴다는 거죠.

그런데 이분이 지금까지 인생을 그렇게 살아오셨던 거예요. 자녀에 대한 집착을 너무 많이 하면서 살아오셨던 거죠. 그래서 한편으로는 이 말씀을 드려도 될까, 이 분이 과연 받아들이실까 하는 좀 걱정스러운 마음이 들면서도 이렇게 말씀드렸죠. "보살님, 조언을 구하시니까 제가 조언을 해드릴 수 있을 것 같은데 기분 나쁘게 들으시거나 그게 아니라고 하실 수도 있어서 사실은 좀 망설여집니다. 제가 보살님이 듣기 좋은 얘기만 해드리지 않을 건데……."라고 하니 보살님께서 무슨 말이든지 듣겠다고 얘기를 하시길래 제가 다음과 같이 말씀을 드렸죠.

인생에서 아이에 대한 집착이라든지 어떤 생각에 견고하게 집착하고, 그것이 인생에 가장 중요하다고 여기면서 강력하게 밀어붙이고 살아왔던 분들에게 '그거는 집착이다, 생각일 뿐이다, 고집이다.'라고 하면 대부분 발끈하세요. 그리고 반대하면서 '나는 그런 사람이 아니다. 이건 집착이 아니다. 이건 진짜 옳은 거다.'라고 끝끝내 고집하기가 쉬워요.

이렇게 얘기하면 그래도 마음공부하는 분들은 '스님, 어떤 얘기도 좋으니까 제가 다 듣겠습니다.'라고 하세요.

왜냐하면 지금까지 이것저것 다해봤는데 답이 안 나오고 괴로워서 저에게 오신 것일 테니까요. 그래서 일단 열린 마음으로 무엇이든 제 얘기를 듣겠다고 하셔요.

그래서 그분께 과한 집착이라는 얘기를 한참 했어요. 그랬더니 그 연세가 있으신 노보살님께서 바로 수긍을 하시면서 자기도 그걸 모르는 바는 아니었고 그게 자신을 괴롭힌다는 걸 조금은 알고 있었는데 직접 들으니까 놓아버릴 수 있는 기회가 된 것 같아 너무 고맙다고 말씀을 해주셔서 제가 오히려 정말 감사했어요.

그렇게 평생토록 내가 옳다라는 집착으로 살아왔던 그 견해를 놓기는 쉽지 않아요. 그 견해를 놓으면 내가 무너져 내린다고 생각되거든요.

자기가 옳다는 생각 '나는 이런 사람이야. 난 이렇게 살아왔어.' 또는 '삶은 이렇게 살아야 돼, 저렇게 살면 안 되는 거야.'라는 생각, '아이들은 이렇게 커야 돼, 저렇게 크면 안 돼. 젊은 사람들은 어른에게 이렇게 예의가 있어야 돼. 그게 없으면 안 돼. 그게 없으면 잘못된 사람이야' 혹은 '정치적으로는 어떤 게 옳은 거야. 어떤 건 틀린 거야. 종교적으로도 어떤 건 옳은 거고 어떤 건 틀린 거야.' 이게 사실은 거대한 구조를 따져보면 하나의 생각에 대한 집착일 뿐입니다. 종교는 다를 것 같고 정치는 다를 것 같지만 그냥 자기 생각에 집착하는 겁니다.

사실은 정치, 종교적인 견해만 생각이 아니고 '내가 나다.'라는 것도 생각이에요. 여기 내가 있다, 내 몸이 이건 내 몸이다라는 건 생각이자 망상이에요. '내가 태어났어. 내가 살고 내가 늙고 내가 병들어서 내가 죽어.' 그게 전부 다 생각입니다.

그 생각이 일어나기 전에는 어떤 생각이 있었죠? 처음에 이 세상에 오기 전에 그 생각을 쥐고 있었나요? 보수였나요? 진보였나요? 불교였나요? 기독교였나요? 어느 순간부터 이 생각이 옳다고 작정을 하고 살아왔나요? 인생의 어느 시기에 어떤 경험 또는 배움을 통해서 그 생각을 내가 취하고 집착한 것 뿐이지요. 그래서 내가 쌓아온 그 생각이 나다, 이게 바로 나야. 그 생각하는 사람이 바로 나야. 그게 나의 정체성이라고 취해 왔을 뿐이에요.

누구나 내가 옳다는 생각으로 인생을 살잖아요. 그리고 그 생각으로 인생을 뿌듯하게 살아왔단 말이죠. 그런데 진실을 놓고 본다면 '나는 옳아.'라는 생각이 더 진실에 가까울까요, 아니면 '나는 다 틀렸어.'라는 생각이 더 진실에 가까울까요? 절대적으로 옳은 생각과 절대적으로 틀린 생각이 정해져 있을까요?

누굴 죽이는 건 절대 악일까요? 보시하는 것은 절대 선일까요? 보시했는데 그 사람이 그 돈을 가지고 아주 나쁜 데 썼다면, 그건 보시를 했지만 나쁜 일에 공조한 거죠. 내가 도와준 것이죠.

생명을 죽였는데 진정 살리기 위해서 죽였을 수도 있습니다. 막무가내로 이 사람 저 사람 죽이고 있는 사람을 저지하다가 잘못돼서 그 사람을 죽였다면 그걸 무조건 절대 악이라고만 할 수 있을까요? 죽이는 건 무조건 나쁜 것 삿된 것이고, 어두운 것이고, 무서운 것일까요? 그렇다면 우리는 역사 속의 전쟁 영웅을 왜 그렇게 떠받듭니까?

그냥 인연이 생하고 인연이 멸하는 겁니다.

성냥과 성냥갑에는 불이 없어요. 그런데 둘을 마찰을 시켜주는 인연을 통해서 불이라는 전혀 어디에도 없는 것이 생겨난단 말이에요.

인연생因緣生 인연멸因緣滅하고 끝나버렸습니다. 깔끔하게 끝나버렸어요. 이건 생겨나고 사라지고 끝나버렸으니까 그 누구도 여기에 집착하지 않아요. 그런데 "야 이 나쁜 녀석아."라고 누가 나한테 욕을 했어요. 사실 그 소리도 똑같아요. "야 이 못난 놈아." 욕을 하고 나서 그 소리는 지나갔어요. 그런데 우리는 계속해서 그 소리를 취하고 있어요. 내가 마음으로 쥐고 있단 말이에요. '저 사람 진짜 나쁜 사람이다. 나한테 어떻게 욕을 할 수 있지?' 아니면 '내가 진짜 못난 놈인가 보다.' 하고 트라우마처럼 남을 수도 있어요.

그 생각을 내가 취했기 때문에 트라우마가 되고 내 업장이 되어서 내 안에 남아 있는 거예요. 그러면 그 사람은 어디에 가도 자신감 없고 당당하지 못한 사람으로 성장할 수도 있습니다. 그 말 하나가 뭐라고…….

인연생 인연멸로 왔다가 간 생사법일 뿐인데, 생겨나

고 사라지는 것들일 뿐인데 말이죠. 모든 생각, 모든 사고, 모든 고정관념 가치관 전부 마찬가지입니다.

"탁탁."

지나가는 소리와 똑같습니다.

인연 따라 왔다가 인연 따라 갈 뿐인 것을 내가 마음에 드는 것만 취해서 그걸 내 생각이라고 쥐는 거죠.

'나는 착한 사람이야.'라고 믿고 있었어요. 그런데 어느 날 내가 나쁜 생각을 하는 게 보여요. 그럼 '내가 어떻게 내가 이런 생각을 할 수 있지?' 하고 충격을 느낄 때 있지 않나요? 그럼 도대체 누가 나죠? 착한 게 날까요, 나쁜 게 날까요?

그 어떤 것도 '나'라고 할 수 없습니다. 그 생각이 그저 왔다가 갔을 뿐인데 거기에다가 대고 내가 '나는 착한 사람이야.' 또는 '나는 나쁜 녀석이야.'라고 해석하고 분별했을 뿐이죠.

그냥 그 생각이 왔다 갔을 뿐이고 그 상황이 왔다 갔을 뿐이에요. 허망하게 그저 왔다가 가고 끝나버렸습니다. 끝나버려서 이미 없는 것은 공한 거예요. 근데 우리는 이 공한 것을 쥐어서 진짜 있는 걸로 실체화시키는 거죠. 실체가 아닌데 내 머릿속에서만 그 소리가 실체인 것처럼 느껴지기 시작해요. 그래서 인생에 타격을 가하기 시작합니다. 나한테 욕한 사람의 말 한마디가 평생 트라우마처럼 남아서 나를 절망하게 만드는 것처럼 그 소리가 뭐라고 나를 그렇게 괴롭힐 수 있을까요? 그 소리의 본성은 공해서 없어요. 어디에도 없어요. 인연 따라 생겨났다가 사라지고 끝나버린 거예요.

무엇을 쥘 수가 있습니까? 쥐어서 이걸 내 생각이야라고 할 수 있어요?

저는 이런 사람을 봤어요. 정치적으로 상당히 진보적인 성향이었던 사람이었는데 꽤 오랜 세월 흐르고 나서 나중에 봤더니 보수로 완전히 바뀌어버렸어요. 그렇게 바뀌는 거죠. 어떻게 정해진 실체가 있을 수 있겠어요? 사람은 당연히 바뀌는 거예요. 생각도 바뀌고 종교도 바뀌죠.

제가 공부해보니 불교에 대한 생각이 20년 전 다르고, 15년 전 다르고, 10년 전 다르고 계속 바뀌더라고요. 보

272

니까 '이게 불교야.'라고 내세울 것이 없더라고요. 내세울 것 없는 것이 불교입니다.

물론 상대적인 인연의 세계에서 '옳다.'라고도 쓸 수 있고 '틀리다.'라고도 쓸 수는 있지만 아무리 옳은 생각이라 할지라도. 그 생각에 과도하게 집착하면 그것은 틀린 생각이 돼버립니다.

붙잡지 말라

우리는 삶의 내용물을 좋게 만들려고 기를 쓰며 평생을 삽니다. 즉, 진짜 나 말고 내 위에 덧칠되는 것들, 내위에 오고 가는 것들을 화려하게 치장하기 위해서, 더 괜찮은 사람이 되기 위해 기를 쓰죠. 이 치장되는 것들은 다 왔다 가는 것들인데 그걸 모르고 거기에만 에너지를 낭비한단 말이에요.

돈도 왔다 가는 거잖아요. 명예, 권력, 지위, 인기 전부 왔다 가는 건데 그거 얻으려고 평생을 그냥 휘둘리며 산단 말이죠.

진실은 이렇습니다. 가난한 나와 부자인 내가 있어요. 가난과 부는 왔다 가는 거예요. 그런데 나는 왔다 가지 않아요. 가난할 때도 나이고, 부자일 때도 나란 말이에요. 그런데 우리는 나, 자기, 여기에는 관심이 없고 가난이라는 수식하는 것들, 나를 수식하는 것들에만 관심이 많죠. 그런데 진실은, 가난과 부가 다르지 않아요. 잘난 것과 못난 게 다르지 않고, 인기가 있는 것과 없는 게 다르지 않고, 젊음과 늙는 게 다르지 않습니다. 진짜 자기라는 이 텅 빈 본바탕에서 왔다 가는 모양은 중요하지 않은 거죠. 그런데 우리는 그걸 중요하다고 착각하는 거예요.

이것을 원리전도몽상遠離顚倒夢想이라고 하죠. 뒤집혔단 말이에요. 뒤집힌 생각을 안고 산단 말이죠. 그러니 왔다 가는 것들에 목매면서 끌려다니면서 사는 거죠. 어지럽게 미쳐 날뛰는 거예요. 왔다 가는 게 진짜 나인 줄 알고 한 번 더 치장하려고요.

왔다 간다는 게 바로 삶과 죽음이거든요. 모든 것들은 왔다 가요. 내 인생에 등장 퇴장, 또 등장 퇴장합니다.

사실은 이 몸도 마찬가지죠. 부와 가난이 왔다 가듯이, 돈이 왔다 가듯이, 감정이 왔다 가듯이, 생각이 왔다 가듯이, 가치관이 왔다 가듯이, 몸도 왔다 가죠.

젊음, 티 없이 맑던 탱탱한 피부, 왔다 갔잖아요. 이게 허망한 일 아닙니까? 전부 다 왔다 가는 것들을 가지고 나인 줄 알았던 거죠. 몸도, 내 성격도 개성도 전부 다 왔다 가는 겁니다.

그런데 우리는 자기라는 걸 견고하게 쌓아올려서 그거를 취하길 좋아하거든요. 이것을 오취온五取蘊이라고 그래요. 취해가지고 쌓는다는 뜻입니다.

우리는 갓난아기 때 몸도 '나'라고 취해서 쌓아놓고요. 10대 때 아름답고 잘났던 몸을 지금도 '나'라고 느껴요. 걔는 가버렸는데. 그래서 사진 같은 것을 간직하면서 취해서 쌓아놔요. 그때 아름다웠던 기억, 그때 아름다웠던 몸매. 이런 것들을 취해서 쌓아놓고 그걸 '나'라고 여긴단 말이에요.

그래서 그게 사라지고 내 몸이 쭈글쭈글해지면 괴롭겠죠. 내가 변했다고 느끼니까요. 내가 무너져 간다고 느끼니까요.

그리고 지금까지 내가 살아오면서 느꼈던 수많은 느낌, 감정을 취해서 쌓아놓아요. 옛날에 나를 서글프게 하고 괴롭게 만들었던, 우울하게 만들었던 어떤 사람, 그 사람을 지금도 생각하면 괴롭단 말이죠. 이미 왔다 간 것입니다.

예를 들어 10년 전에 내게 돈 천만 원이 생겨서 그걸 다 써버렸단 말이죠. 그 돈은 지금 내 건가요? 기억만 있을 뿐이죠. 그거는 인연 따라 왔다 간 거잖아요. 그 돈이 내 돈은 아니잖아요 지금은.

지난 과거는 그 돈과 똑같아요. 돈이 왔다 갔듯이, 그건 내 것 아니고 미련 가질 필요 없듯이. 지난 과거 내가 아니에요.

그런데 20대 때 화려했던, 30대 때 잘나갔던 때를 생각하면서 '그때가 좋았는데.' 이러면서 거기 젖어 있는 거죠. 40대, 50대가 돼서 일자리를 잃고, 그래서 일자리를 찾으러 다니면서 우울하고 괴롭고, 자식이 한창 돈 들어갈 땐데 돈이 없어 죽겠다고 하면서 너무 서글퍼하고 괴로워하세요.

그렇게 일자리를 못 찾고 힘들어하시는 분들께 눈높이를 좀 낮춰서 월급 좀 적게 주는 곳, 내가 생각하는 것보다 적게 받고 대우도 좀 안 좋겠지만 그래도 꾸준히 얼마라도 벌 수 있는 그런 데서라도 일하시는 게 낫지 않겠느냐 물으면 약간 낯빛이 바뀌시면서, 약간 정색을 하시면서 "스님 제가 그런 거 할 사람이 아닙니다."라고들 하세요. 자기는 그런 일을 하던 사람이 아니라는 거죠.

왜 그럴까요? 그 싫은 마음이 왜 생겼을까요? 그 과거를 자기라고 아직 붙잡고 있는 거예요. 그런데 실은 그게 아무것도 아닌 거죠. 기억, 생각, 이미지, 이름과 모양. 옛날에 '김 부장, 김 사장.' 듣던 시절, 그때 사진들, 화려했던 장면들, 내 머릿속에 이미지로 사진 찍어놓은 것들, 모양밖에 없잖아요. 내 생각 속에, 기억이라는 허상 속에, 허망한 사진 속에 담겨 있는 것이거든요. 그건 진짜가 아니에요. 잘나가던 내가 내가 아닌 거예요. 그 어떤 삶의 어떤 순간도 내가 아니에요.

사실은 A라는 사람의 화려했던 과거, B라는 사람의

아주 못 나갔던 과거, 빌 게이츠의 대단한 인생, 기업 회장의 대단한 인생, 그리고 나의 지난 과거, 모두 똑같습니다. 평등해요. 다를 게 없어요.

내가 살았던 내 기억 속에 있는 그게 내 인생이라고 생각해서 망상을 부리는 거예요. 근데 지나간 내 과거와 다른 사람들의 지나간 과거하고 뭐가 다른가요? 이 마음에서 봤을 때는 다르지 않아요. 이 마음 하나가 전 세계 인구를 연기하고 있어요. 우리의 본질은 이 마음 하나에요.

요즘 경기가 안 좋아지면 아파트값도 떨어지고 주식도 폭락을 하고, 다리 위에서 매일같이 몇 사람 자살한다더라, 이런 뉴스가 나옵니다. 그러면 우리는 어떻게 마음을 내나요? '나'를 중심으로 '아휴 다행이다. 나는 저 정도는 아니네.' 이렇게 해요. 그 사람의 죽음은 관심이 없는 거죠. 그 사람은 남이라는 거예요. 내가 아니라는 거죠.

그런데 사실은 그 모두가 마음 하나예요. 불이법이에요. 너와 내가 다르지 않습니다. 그래서 나의 지나간 특정한 과거, 화려했던 과거, 그게 내가 아니에요. 빨리 내려놔야 지금을 살 수 있어요.

내 귀에 들리는 소리는 왔다 가죠. 모든 소리가 왔다 갑니다. 그런데 그 왔다 가는 소리를 듣고 있는 놈은 늘 여기서 듣고 있잖아요. 보이는 것들은 다 왔다 가죠. 보는 놈은 여기서 늘 그 모든 것들을 보고 있단 말이에요.

이렇게 설명을 하면, 보는 놈과 보이는 것 두 개가 있는데, '보는 놈이 주인이구나, 주관이다, 이게 진짜 나구나.' 이렇게 착각을 해요. 그런데 이것은 방편으로 설명해서 그런 것이지, 사실 분별할 수 없어요.

이분법적인 용어로 생각하면 이 마음이, 본래 면목이 진짜 나 같고 진짜 주관 같잖아요. 그런데 이건 주관도 아니에요. 주, 객, 이렇게 둘로 나뉜 게 아니에요.

이렇게 오고 가는 것, 왔다 가는 것, 내 인생에 왔다 가는 것, 그걸 자기라고 여기면 우리는 삶과 죽음을 흘러다니면서 어지럽게 미쳐 날뜁니다.

왜? 죽음이 가까이 오면 얼마나 미칠 지경이겠어요?

실제 우리는 죽을 수 없는데. 몸은 죽을 수 있지만 진짜 자기는 죽을 수 없거든요. 오지도 않고 가지도 않기 때문이에요. 우리 진짜 마음은 모양도 없고 크기도 없어요. 여여부동如如不動한 거예요. 여기 있거나 저기 있는 게 아니에요. 와도 오지 않고 가도 가지 않아요.

제가 서울과 부산을 왔다 갔다 할 때가 있습니다. 사실은 오지도 않고 가지도 않는 거예요. 몸은 왔다가 가더라도 마음은 오는 것도 아니고 가는 것도 아니에요. 이 왔다 간다라는 게 분별이에요. 왔다 가는 것들은 지나가겠죠. 풍경들도 지나가지요.

어떤 위치를 점유할 수 없는 진정한 바탕, 모든 것들이 등장 퇴장하는 걸 가능하게 하는 필드, 장. 이게 진짜 자기입니다. 왔다 가는 것들은 인연의 조화일 뿐이에요. 인연 따라 이렇게 왔다 가고 저렇게 왔다 가는 겁니다.

지금까지 잘 따라오셨습니다. 이제 마지막으로 이것 하나만을 잘 기억하십시오. 가장 중요한 것은 자기 자신이 스스로를 열반의 언덕으로 제도濟度하는 것입니다. 즉, 중생이 중생을 제도하는 것이죠. 자기가 자기를 제도하는 것이지, 다른 누군가가 나를 대신해 제도해줄 수 없습니다.

오직 스스로를 닦을 뿐, 부처님의 힘에도 기대려 하지 마십시오. 부처님의 힘에 기대려고 하는 것은 무엇일까요? 나와 부처를 둘로 나누는 것입니다. '부처님의 가피력加被力이 나를 깨닫게 하겠지.'라고 하면, 그것이야말로 둘로 나누는 것이기 때문이죠. 가피력이 있다면 어디에서 나오는 것일까요? 바로 자기로부터 나오는 것입니다. 자기가 곧 부처입니다. 내 바깥에 있는 부처님은 나를 깨닫게 하지 못합니다.

바깥의 부처님은 형상의 부처입니다. 진짜 부처는 자기 마음인 것이죠. 마음 바깥을 향해 구해서는 깨달음에 이를 수 없습니다.

결국에는 자등명自燈明 법등명法燈明입니다. 자기 스스로 자기를 깨닫게 하는 공부였습니다.

감사합니다.

법상의 슬기로운 생활수행

초판 1쇄 인쇄 2024년 10월 25일
초판 1쇄 발행 2024년 10월 31일

지은이 법상
펴낸이 정중모
펴낸곳 도서출판 열림원
출판등록 1980년 5월 19일(제406-2000-000204호)
주소 경기도 파주시 회동길 152
전화 031-955-0700
팩스 031-955-0661　　　　　　페이스북 /yolimwon
홈페이지 www.yolimwon.com　　트위터 @yolimwon
이메일 editor@yolimwon.com　　인스타그램 @yolimwon

기획실 정재우　　　　　　마케팅 홍보 김선규 고다희
편집장 서경진　　　　　　온라인사업 서명희
디자인 강희철　　　　　　제작 관리 윤준수 고은정 구지영 홍수진

ⓒ 법상, 2024

ISBN 979-11-7040-290-9 03810